漫娱图书

限 近 花 期 系 列

MISS
&
MISS

限定花期

世 界 上 另 一 个 我

唐棠·主编

长江出版社 CHANGJIANGPRESS 漫娱图书

我能向花祈祷，
和你相遇在这个春天

MISS & MISS

目录

CATALOGUE

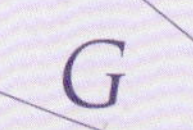

『小象同志，
我们已经逃离动物园了，
请放心享受自由的空气吧。』

PLEASE
REST ASSURED
TO ENJOY
THE FREE AIR

MISS
MISS

高考失利
优等生

×

个性洒脱
同级生

PLEASE REST ASSURED TO

ENJOY THE *FREE AIR*

逃离

PLEASE REST ASSURED TO ENJOY THE FREE AIR

文 / 司礼监秉笔背包叔

活得固执而新鲜

1

7 月中旬的苏城，一到晚上就热得像个蒸笼，到处都是粘腻的水汽。林梓奚和妈妈扶着喝多了的爸爸一起回到家里，喘着气将林爸爸扔在床上。林爸爸平时滴酒不沾，今天喝到烂醉完全是因为高兴，他的宝贝女儿不负众望地考取了浦城的一所重点大学。虽然不是什么数一数二的顶尖学府，但对于这个平均学历只有高中的家族来说，已经可以算是光宗耀祖了。

林妈妈一边故作嫌弃地替林爸爸收拾，一边开心地嘱咐林梓奚将录取通知书收好。林梓奚回房间后就将录取通知书收进抽屉，一边拿遥控器开空调，一边顺手抽了几张纸巾擦了擦脖子里的汗，随后就抱着睡衣进了浴室。

15 分钟后林梓奚穿着背心短裤出来了，湿发没有完全擦干，正随着她的动作不断甩出细小的水珠。她洗完澡的第一件事就是蹲在冰箱前拿雪糕，正要打开冰箱门就听到楼上传来很响一声，像是重物落地的声音，她抬眼往上看了看，但那声响动后楼上很快就安静了下来，好像刚刚只是一个错觉。

林梓奚低下头继续拿雪糕，站起来后用脚带上冰箱门，随后跑到自己房间的阳台上。

这栋楼每一层的格局都一样，在她卧室阳台的上方也有一个阳台，如果楼上的阳台门没有关的话，她就能很轻易地听到楼上人家的动静。

而她通过阳台最常听到的就是妈妈在教育女儿，她知道对方有一个和她同岁的女儿，就住在她卧室的正上方。两人在电梯里遇到过，女生穿私立高中的衬衫和黑色的百褶裙，面容精致但没什么表情，看起来不太好接近的样子。

与林妈妈不同，楼上的女主人是个极为强势的女人，对女儿的要求也十分严格，距离高考仅剩 2 天的时候还在警告女儿说，如果她考不上浦城大学的建筑系这辈子就毁了。

对于这样的言论，林梓奚只是无所谓地耸耸肩：她这辈子都考不上浦城大学，但她也不觉得自己这辈子就完蛋了。

大概是同为高三学生的惺惺相惜，虽然两个人没什么交集，但她心里早已将对方看作是同盟，并坚定地站在了女生的这一边。

其实两个人曾有过一次短暂的交谈，那是一个林梓奚难得失眠的深夜，也许是下午和朋友一起多喝了一杯咖啡的缘故，总之当她第 20 次睁开眼睛的时候，时钟正不紧不慢地指向凌晨 2 点。

她无奈地打开阳台准备吹吹风，然后就听到了楼上女生在唱歌，很小声，虽然称不上动听，但对方唱得舒缓，让她觉得很放松。

两个人只在电梯里见过几次，此时的林梓奚一点都想不起来对方长什么样子，印象中只有一个高冷优等生的模糊印象。听着她的歌声，这一瞬间林梓奚忽然好想见见对方，于是她抓着阳台的栏杆，脑袋往外探去，仰起身子，小声喊着："喂，喂，喂。"

对方的歌声停了，林梓奚觉得有戏，于是又喊了一次："301的女生，你往阳台下看。"

过了大概半分钟，一个留着黑直发的女生从阳台上探出了头，脸上满是诧异，但看到楼下有个女生正咧着嘴冲她笑后，诧异的神情褪去，连表情都柔和了起来。她依然不敢大声，只是冲楼下摆摆手："你这样好危险，快回去。"

林梓奚也不管她的劝告，依然笑着说："我睡不着，你再唱一会吧。"

女生撑着脑袋往下看，嘴角是上扬的："可是我唱得不好听。"

呃，这是实话，林梓奚也不想昧着良心骗她，于是继续笑着说："但我喜欢呀。"

那晚短暂的相处是两个人的心照不宣，但除此以外两人也没有更多交集了。日子还是照常过，她还是经常听到楼上女主人刻薄和歇斯底里的叫骂声，而女孩似乎一直都在沉默。

林梓奚偶尔会想起她，想起她在电梯里的冷淡，想起她夜里趴在栏杆上的调皮，但这些瞬间都是单薄又片面的，不足以撑起一个生动的形象。

2

今天是苏省考生录取结果公布的日子，楼上的女生也一定知道结果了，不知道刚刚楼上的声音是不是和这件事有关。林梓奚咬着雪糕坐在阳台上的小矮凳上，果然听到了楼上女人尖锐的叫声和男人不耐烦的敷衍，只有女生还是一如既往地沉默着。

但沉默得越久，她就越不安。雪糕在燥热的天气里化得很快，林梓奚张大了嘴去咬的时候，终于听到了女生的声音："既然你们都觉得我不配做你们的女儿，那就当我不存在好了。"

女生的声音听起来很平和，像是风平浪静的海面，紧接着是门被摔上的声音，男人的怒吼声为这场争吵画上句号："你走了就不要回来！"

这句话像是触动了林梓奚的哪根神经，她立刻跳了起来，快速吃完雪糕，然后将手机还有充电器证件什么的看也不看地塞进包里，急急忙忙地就要往外冲，开门的时候又折回来从抽屉里拿了一串钥匙。

她没有选择坐电梯而是直接从楼梯往下跑，果然刚到 1 楼就看到女生从电梯里出来，头也不回地走向楼外。林梓奚赶紧跟上去，抓住了女生纤细的手腕，同时准备了一个假笑来应对想象中对方泪流满面的场景。

但没有，对方并没有情绪崩溃，只是看上去有些低落，看到林梓奚的时候不可避免地惊讶了一下，但她很快就平静下来，低头看了看自己被紧紧扣住的手腕："你想干吗？"

林梓奚看着对方，脑筋疯狂转着，冲动之下她脱口而出："你要不要和我一起逃走？”

对方显然是没想到林梓奚会说出这样的答案，张着嘴站在原地，像是要反驳她两人并没有熟到可以“一起”，又像是想询问为什么要和她逃走。但两个人只是站在黏腻到像是要下雨的空气里沉默了许久，鼻息里都是夏日的燥热，对方思考良久后还是问出一句：“那我们要逃去哪里？”

林梓奚松了一口气，终于想起来松开对方的手，从包里拿出了车钥匙：“我爸送我的十八岁生日礼物，我们可以开车去宁城，我外婆住在那边。啊，对，我们先去杭市吧，我表姐刚生了宝宝。”

很明显，林梓奚只是担心她所以跟了出来，并没有什么具体的打算，身上的背心和短裤一看就是睡衣。女生有点哭笑不得，但内心不可避免的柔软了一些。

“哎呀，有蚊子！”林梓奚沉稳的表情只维持了一秒，很快就跳起来往停车场跑，跑的同时还不忘回头看她，“快点快点，我要看看车里还有多少油。”

直到女生坐进了车里，林梓奚才开口问她：“对了，你叫什么名字啊？”

女生系着安全带：“简铭。”

林梓奚歪头看她：“名字的名吗？”

简铭摇头：“铭记的铭。”

检查着车辆情况的林梓奚嘀嘀咕咕：“唔，像个男孩子的名字。”

简铭轻轻哼了一声：“或许他们想要个男孩。”

不好，她似乎提起了不合适的话题。

林梓奚咳嗽了两声，拿出手机来导航：“我们要不要先去一趟浦城，那里的夜晚很漂亮。”

简铭看向窗外：“都可以。”

林梓奚暗暗开心起来，说出“逃走”两个字的时候，她其实也没想好要去哪儿，只是凭着本能说出了两个她还算熟悉的城市，直到坐进车里她才想到路程问题——如果直接去杭市，那她今晚怕是没法睡觉了，而去浦城不堵车的话只需要一个多小时，她们可以找个小旅馆住一晚，第二天再往杭市开。

林梓奚美滋滋地上了路，车子刚驶出小区不久，简铭忽然说：“其实我小时候特别不喜欢浦城，我爸妈总是说，‘你一定要考上浦城大学建筑系，那是爷爷和外公待过的地方。’而他们都没考上。”

见林梓奚忽然慌了，简铭笑了下，拍拍她的手腕：“那是小时候。”

周一晚间，路上的车辆不是很多，但林梓奚开得很慢，红色的车尾灯、昏黄的路灯以及路边各种闪烁的霓虹招牌不断在两个人身上打下各种光影，又很快褪去。趁着等红灯的间隙，林梓奚犹豫了下，还是问出了口：“所以你没考上吗？”

“嗯。”简铭很快回了，“差一点点，所以他们希望我复读，可是我不愿意。”

林梓奚伸着懒腰：“是我我也不愿意，复读多苦啊，万一辛苦一年考得还没今年好，我会吐血的。”

正好绿灯亮了，林梓奚熟练地上了高速，这时简铭的声音慢悠悠地响了起来：“有个问题我刚刚就想问了。”

林梓奚不在意地回应：“什么啊？”

“你是不是忘了换衣服出门啊？”

“……”

“知道了。”

3

两个人到浦城的第一件事就是简铭去商场给林梓奚买了衣服和裤子。为了保证两人关系的纯洁性，林梓奚是抱着东西去后座换的，简铭原本也没想看，但对方这么龟毛的举动倒是让她有点好奇了。

简铭坐在副驾驶，微微抬头就能从后视镜看到林梓奚，这还是她第一次这么认真地看林梓奚。说实话，林梓奚长得很好看，个子高，人也瘦，哪怕只穿着背心短裤也不觉得邋遢，反而呈现出一种随意的美来。

林梓奚刚脱掉衣服就察觉到了来自简铭的视线，她赶紧用衣服挡好自己：“你怎么还偷看啊？”

简铭低下头：“没有看啊。”

林梓奚快速换衣服的同时还不忘指责对方：“被我抓住了还要撒谎。”

既然林梓奚这么说了，简铭干脆大大方方地从后视镜继续看：“那我就是看了又怎么样呢？”

对哦，又怎么样呢？

两个人对视了一会，林梓奚果断地说：“那我不还你钱了。”

还有这种好事？简铭干脆转过头，笑着看林梓奚：“那我再给你买一身衣服，能再看一次吗？”

真是完全输掉了啊林小姐。

因为不知道林梓奚喜欢什么风格的衣服，所以简铭给她买的都是基础款，宽大的 T 恤套在身上显得人更加细瘦。她换好衣服后重新回到了驾驶座，一边将完全干透的长发往后撩，一边懒懒地说：“其实我对浦城也不熟，只是高一的时候背着爸妈来看过 live，结果因为结束太晚了又打不到车，只能一路走到旅馆去，所以对这里的夜晚印象很深刻。”

简铭低垂着眼睛，过了一会才说：“我从来没有背着父母干过什么事。”

想也知道，在她那位强势又严格的母亲的眼皮底下，她恐怕很难做什么出格的事情，林梓奚很小心地叹了一口气。简铭忽然又说：“你知道动物园怎么管理大象吗？当象还很小的时候，他们会用很粗的链子捆住它的脚，它的所有动作都被粗链完全牵制住，这样它长大了也不会知道自己原来是可以挣脱链子的。”

林梓奚撇了撇嘴，斜着眼睛看了一会停车场的地面，然后把双手举到简铭的面前做了一个挣脱的动作：“小象同志，我们已经逃离动物园了，请放心享受自由的空气吧。”

简铭笑出声，将林梓奚的手推开：“别闹了，快开车。”

在林梓奚开车的时候，简铭的手机响了，她拿起手机看了一眼来电显示，选择了拒接。但很快对方又打了过来，这次简铭直接将手机关机放在了旁边。

大概是看出了林梓奚的猜测，简铭直截了当地给出答案："是我妈。"

林梓奚点点头："动物园园长。"

简铭笑起来，放松身体斜靠在座位上，脑袋贴着窗户，静静地看着前方。浦城并不像大家以为的那样越到夜晚越热闹，夜幕降临后大部分街道也陷入了沉睡。街边的梧桐树叶将灯光遮掩，只剩下星星点点落在地面上，路上的人很少，昏暗又宁静。

车辆最终驶入了一个古老的小区，简铭刚刚定的民宿就在这里。穿过窄窄的过道后，两人终于推开了民宿的大门，这是一个典型的老公房，面积狭小但功能齐全，被改作民宿后布置得相当精细。

林梓奚已经很困了，翻出刚刚在小区门口买的牙刷牙膏去洗漱了一下就倒在床上不动了。等简铭洗完澡出来，看到的就是林梓奚毫无防备的睡颜，她长得很高，睡觉的样子倒很像个小孩。

简铭拿起遥控器将空调设置成睡眠模式后，将林梓奚往里面推了推，睡得迷迷糊糊的林梓奚跟着她的动作不断调整着姿势，却在简铭躺上来的一瞬间很自然地将胳膊搭在了她的腰间。

简铭睁开眼睛，把林梓奚的手拿开。

半分钟后，林梓奚的腿又搁了上来。

习惯了一个人睡觉的简铭叹了好大一口气，但到底没有再推开了。

4

第二天中午两个人在高速服务站吃午饭的时候，林梓奚终于接到了来自妈妈的电话，一向放养孩子的林妈妈是在准备开车去朋友家打麻将的时候发现林梓奚的车不见了，这才想起来好像一早上都没看到女儿。

林梓奚从善如流地对妈妈说："我开车去杭市见表姐，她不是最近生了宝宝吗，我作为我们家代表去慰问一下。"

粗线条的林妈妈也没多想，只觉得这孩子还挺懂事的："那我给你转 3000 块钱，你去金店买个长命锁给宝宝。"

"好咧！"林梓奚笑开了花。

收到了母亲大人的经济援助，林梓奚立刻又给两人各买了一个鸡腿，同时拿起纸巾给简铭擦了擦头上的汗。简铭的皮肤很白，一流汗就显得更白，她皱着眉任由林梓奚拿纸巾在她脸上擦拭，等脸上稍微清爽一点后就转过去对着电风扇吹。

等她再转过来时，林梓奚已经不见了，没多久又拿着两根雪糕走了回来，随手递了一根给简铭。在一旁吃面的大婶看隔壁两个小姑娘长得漂亮年纪又轻，忍不住搭话："你们是高考完了出来旅游啊？"

林梓奚还没回答，简铭先开了口："我们是从家里逃出来的。"

一本正经的语调让周围所有人都安静了下来，林梓奚也愣了愣，反应过来后咬着雪糕咯咯地笑，转身面对着大婶："其实我们是去看我表姐啦，她刚生了宝宝。"

说到孩子大婶立刻来了兴趣，很认真地询问孩子的性别和出生年月，但其实林梓奚也不是特别了解，只能含含糊糊地回答着。

“4 月 9 号，”表姐看着风尘仆仆的林梓奚刚到家就询问宝宝的生日，从善如流地回答后又忍不住拍了拍对方的脑袋，“我之前跟你说过了吧。”

似乎有这么回事，林梓奚只能假装不记得了，嘻嘻哈哈地将手里的水果放下，推开门让简铭进来。

简铭却没往里走，而是站在门口看着林梓奚，小声说：“我也是 4 月 9 日的生日。”

林梓奚眨着眼睛：“那你是姐姐啊，我是 5 月 21 日生的。”说着就拉过简铭的手让她赶紧进来，两个人一路小跑到婴儿床边。林梓奚弯着腰说：“你看，这是出生 100 天的你。”

简铭拒绝道：“这才不是我。”

“我要抱你了。”林梓奚宣告了一声，就小心翼翼地将宝宝从床上抱起来。白嫩嫩的小宝宝将头枕在林梓奚的肩膀处，看起来十分乖巧。林梓奚示意简铭把手放在小宝宝的手背上，简铭也没有拒绝，捏着宝宝肉肉的手指轻轻摩挲着。

“好小啊。”林梓奚没忍住喃喃自语，“你小时候也这么乖吗？”

简铭没忍住翻了个白眼：“你难道记得你 100 天时候的事情吗？”

林梓奚笑起来：“你别说，我还真记得，但我不知道是不是真实的。我记得我还不会翻身的时候，我爸不小心踩了我一脚，我立刻哭了，我爸就把我家的狗狗抱过来，跟我妈说是狗狗踩的我。”

简铭扑哧笑了，感觉这确实像林梓奚的家庭会发生的事情，她在林梓奚的注视里弯下腰，用额头碰了碰宝宝的脑袋：“要开开心心地长大哦。”

林梓奚见状就把宝宝抱开，用自己的额头去碰简铭的脑袋：“要开开心心地长大哦。”

正说着，表姐拿着给两个人倒的水进来了，顺手把宝宝接了过去。林梓奚连忙从口袋里掏出小盒子：“对了，我妈让我给宝宝买的长命锁。”

表姐接了过去，然后笑：“你出生时候的长命锁还是我挑的呢，我那时候也就是个小孩，见哪个好看就说要哪个，最后买了一个最大的。”

林梓奚恍然大悟：“难怪我一直到5岁才开始带那个长命锁，还觉得特别重。”

因为林梓奚和表姐开始闲聊，端着水喝的简铭就趁机打量了一下这个小小的房间，虽然小孩才100天，但婴儿房却已经布置得极为精细了，粉色的墙纸，早早准备好的同色系小书桌和小床，无一不显示着全家人对于这个孩子的到来是多么期待。

书桌上放着一张一家三口的合影，表姐抱着孩子坐在中间，后面站着表姐夫，两个人都温柔地看着镜头，明明是很普通的画面，却柔和到不可思议。正当她发呆的时候，林梓奚把一块毛巾放在了她的脖子处，“你摸摸，这个口水巾好软啊。”

简铭转身抓住口水巾揉了揉，真的好软，触感极为舒适，她没忍住多摸了两下。林梓奚从口袋里摸出两颗小小的水果糖，很显然是给孩子吃的。

“漂亮的宝宝可以获得一颗水果糖。”她在把糖递到简铭面前的过程里偷了一颗走，仰着头含进嘴里。简铭也拿起一颗放进嘴里，然后指着桌上的照片跟她说：“我家里也有这样的照片。”

林梓奚看了一眼，不在意地说：“这种照片谁家都有吧，生了宝宝都要拍的。”见简铭还在看，林梓奚也转过身把照片拿起来：“说起来，我们好像是在同一家拍的吧。我妈还说你们家拍得特别好，照片放在橱窗里当样片，后面还有你妈写的‘希望吾儿聪明灵秀健康随和’，我妈说一看就是读书人写的字。”

简铭看着林梓奚：“你怎么记这么清楚？”

林梓奚瞪着她：“因为我妈每次说我写字不好看的时候都要拿这件事出来说啊！”

聪明灵秀健康随和。

简铭回想着这句话，大概在她出生的时候，在她的母亲还没有被生活和压力逼得失去体面前，也是怀着这样温柔的心意在抚育她。

林梓奚仰头将最后一口水喝完后，拍了拍手：“走了走了，我们还要去见外婆。”

5

在驶离杭市前林梓奚去加了个油，出来后却发现简铭不在车上，她逛了一圈，最后在便利店侧门找到了正蹲在地上用瓶盖喂流浪猫的简铭。林梓奚走过去，也学她蹲在地上：“天气这么热，多喂一点吧。”两个人找便利店店员要了一个比较干净的外卖盒，将剩下的水都倒进盒子里才离开。

因为喂猫的事情稍微耽搁了一会，两个人回车上时都流了很多汗，林梓奚居然拿出了口水巾给简铭擦汗。简铭看着她："你怎么可以偷宝宝的口水巾？"

林梓奚得意地笑起来："这是新的！我觉得好软好舒服就跟表姐要了一个，你现在可是享受着婴儿般的待遇哦。"

说着林梓奚就凑过来要把口水巾系在简铭脖子上，简铭本能地要逃，最后还是被按在怀里给系上了，两个人打闹了好一会儿才继续出发。

林梓奚的外婆并不住在宁城市区，而是住在靠海的某个村子里，从外婆家出发，大概十分钟就能走到海滩。林梓奚说她小时候最喜欢在沙滩上捡螃蟹，也不是为了吃，捡到了就再扔回海里。

林梓奚一边开车一边兴致勃勃地给简铭讲她小时候的故事，很显然她对那个小村子还十分有感情。她还说到她和外婆的关系很好，对外婆没有秘密，连她小时候偷偷喜欢隔壁班同学都会告诉外婆。

林梓奚说起话来就没完，简铭难得也不觉得无聊，时不时搭几句话，懒懒地靠在椅背上，偶尔瞟过林梓奚的侧脸。天色渐渐暗了下来，墨蓝色的天空里飘着几朵红色的云，那是被落日染就的。鉴于林梓奚已经开了一天的车，进入外婆家附近的地界后简铭就提出由她来驾驶，虽然不如林梓奚那般熟练，但好歹也是有驾照的人，再怎么样也能开到外婆家去。

林梓奚也不反对，反正也没有多远了，于是欣然应允。可简铭刚坐进驾驶室没多久，林梓奚就接到了来自妈妈的电话，不知道到底聊了什么，只见她表情凝重地应了两声，挂了电话后就一直在偷瞄自己，一副欲言又止的样子。

“我车技这么差吗，你晕车想吐？”简铭认真看导航的时候还有空调戏她。

林梓奚掏出水喝了两口才小声说：“你妈报警了，说你离家出走，我妈还不知道你和我在一起，让我注意安全。”

简铭听完林梓奚的表述，只是“嗯”了一声，没做什么回应，见林梓奚还是一脸凝重，于是补充了一句：“动物园园长要来抓人了。”

“那，我们现在回去吗？”林梓奚侧过脸，认真地看着简铭。

正在开车的简铭没有看林梓奚，只是兀自说着：“我还是想去看海。”

既然小象都这么说了，小象的同盟又怕什么呢？

林梓奚将刘海整个往后梳，露出一个气势如虹的表情：“我走后，哪管洪水滔天。”

倒也没有这么严重啦，林小姐！

简铭没忍住咧开嘴大笑了起来，好像非常开心，这是两天里她最开怀的一次大笑，难得流露出几分 18 岁少女才有的孩子气与天真。

果然车开进村子里的时候已经快 9 点了，虽然有路灯但依然很暗，两个人将车停在路边然后走到外婆家门口。外婆家门没有关紧，从里面透出来不少光，于是林梓奚小心翼翼地推开门，给了正好看过来的外婆一个大大的拥抱。

深夜到访还是给老人家添了不少麻烦，幸好因为孩子们经常回来，所以客房总是保持着随时可以住人的状态，只是睡衣拖鞋那些都收进了柜子里。

林梓奚立刻爬上爬下地找东西，还翻出了凉席铺上，用井水擦了两遍。外婆叉着腰看林梓奚穿着拖鞋在院子里忙活，刚啰唆了两句，就听到林梓奚哀号着："我已经 18 了，不是 8 岁啊，还有两个月我就要上大学了。"

外婆啧了两声，顺势说道："那你在大学处对象后，要带来给外婆看看，外婆做饭给你们吃。"

林梓奚站直了身体，笑着说道:"如果我对象长得不好看呢？"

外婆想也没想："咋，不好看就不吃饭啦？"

什么也没说的简铭继续躺着，但整个人都笑到蜷缩了起来。

6

好不容易将外婆送去睡觉后，林梓奚又悄悄握住了简铭的手:"走走走，凌晨无人的沙滩你还没见过吧。"

因为这里的沙滩还没有被完全开发，游人也就不像热门沙滩那么多，入夜后十分安静，不过沙滩缺少光线照明，也说不上有多美。两个人就脱掉鞋子沿着沙滩一路走，凉凉的海水时不时擦过她们的脚踝，带来一阵短暂的战栗。

"要不要交换秘密？"林梓奚转头看向简铭，"我可以先说。"

简铭眯着眼睛歪着头看了一会儿林梓奚："那你先说，我看看值不值得交换我的秘密。”

好严格啊。

林梓奚抬着下巴认真地思考着，然后像是想起什么似的转头说：“我高中的所有物理作业都是抄的。”

简铭耸耸肩，没说话，但是倒退了两步。

林梓奚哈哈大笑：“我开玩笑的啦！”

两个人在沙滩上你追我赶了好一会儿，最终在一团礁石附近停了下来，林梓奚扶着礁石气喘吁吁：“你说个你的秘密吧。”

简铭爬上礁石，坐在高处，任由海风吹乱了她的长发，她举起手停在半空，细细地喘着气，声音像海水一样凉：“我没考上浦城大学，是故意的。”

林梓奚猛地抬头，简铭没看她，只是一直看着海面，像是要将这个秘密说给大海听：“我根本就没填浦城大学的志愿，我也不想学建筑，我填了一直想去的大学，然后跟爸妈说我没考上。”

说完她忽然笑了，终于低头看向林梓奚：“这个秘密，比你的有诚意多了吧。”

默默仰头看了好一会儿的林梓奚也慢悠悠地爬上了礁石，坐在简铭的旁边。“多好呀，”她说，“你要开开心心地做你喜欢的事情，然后快快乐乐地长大。”

两个人并排坐着，肩膀相抵，不断被吹起的长发在空中交织。林梓奚转头看向海天交接处，却感觉肩膀一重，简铭安安静静地将脑袋搁在了她的肩膀上，只有海水流动的声音还在不断响起，像是少女的低语。

不管逃到哪里，最终还是免不了要被捉回去，对此简铭已经做好了准备，她对林梓奚说："你知道中国人最喜欢的处世哲学是什么吗？"

林梓奚想了想："来都来了？"

貌似也不能算错。

简铭沉默了两秒，继续说："是中庸。比如当你身处一个黑黑的屋子里，你说要开一扇窗户，那大家一定会出来说没必要开窗户，把门扩大一点就行了。但是如果你说要把房顶掀了，那大家就会同意你开窗户了。"

听懂了，但好像没完全听懂。

看着林梓奚求知的面孔，简铭解释："想要让爸妈觉得我们这次出走不过是件小事，那就需要一个更不能被接受的场面来掩盖。"

明白了！

林梓奚郑重其事地点点头。

但她没有想到的是，等她们回到家，面对愤怒的父母，简铭所说的处理方式是把她往前推了推，对着所有人说："没错，是她带我逃跑的，但我们下次还敢！"

林梓奚立刻明白成语"众矢之的"里那只箭靶子是什么心情了。

… … … … … …

是不是他们以前都误解了两人之间的关系，
看上去针锋相对的死对头，其实心里非常在意对方。

… … … … … …

MISS

美艳女明星
和
她的死对头

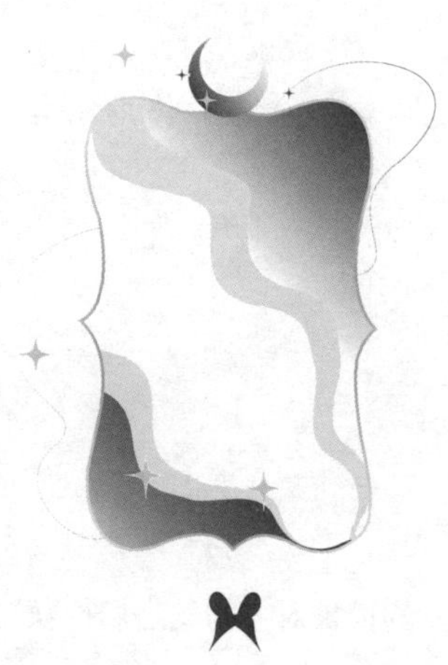

总之就是非常可爱

IT'S VERY CUTE

总之就是非常可爱

IT'S VERY CUTE

文/椰 子 脆　　脑洞里藏着蜂蜜做的刀，一个喜欢讲相声的甜文选手。

1

比“和圈内男友约饭被对方粉丝当场抓获”更可怕的是什么？

是“和圈内男友约饭被圈内仇敌当场抓获”。

傅微言和黎音叹一人领着一个男生站在自己的包间门口相顾无言。

两人都戴着帽子、墨镜、口罩，就连资深狗仔都难以一眼认出她们，哪怕这两人是已经在圈子里红了十多年的明星——但仅仅是打了个照面，两人就一眼认出了对方。

傅微言率先发难，她下巴微抬，指了指站在黎音叹身后的小年轻：“带孩子出来吃饭啊？”

“呵……”虽说出道十多年但上个月才满30的黎音叹闻言一

笑，没有反驳，而是用进攻代替防守，“这个弟弟是上周那个弟弟吗？你约起会来还挺费弟弟的。”

傅微言：“你……”

上周那个是她表弟！这是她男友！

两位没见过这种场面的男生站在大佬女友身后瑟瑟发抖。

好在两位大佬的助理和经纪人都已经习惯了，赶紧装作没听到两人的对话，一边发出“哈哈哈”的假笑，一边簇拥着各自的老板分头进了包厢。

2

仇敌之所以能成为仇敌，有时候是因为她们各方面相差太大；但有时候，也可能是因为她们过于相似，以至于同类相斥。

傅微言和黎音叹两人不仅出道时间差不多、实力差不多、性格差不多、颜值水平差不多、圈内地位差不多……就连吃饭速度也差不多。

虽然已经不是第一次和男朋友出来约会了，但作为在圈子里混了这么多年的老油条，每一次饭局结束后，傅微言和黎音叹都不会放松警惕。她们会让男方先走一步，然后自己在包厢里再坐十来分钟才结账出门，不仅如此，她们还会派助理先一步下楼探查情况。

考虑得如此周到导致的结果就是，两根老油条在电梯口再次狭路相逢。

和稍显僻静的包厢区不一样，电梯口附近时不时便有人路过。

傅微言毫不吝啬地展示自己的谦卑和教养："黎老师先请。"

黎音叹微笑："傅老师请。"

"黎老师请。"给我爬!

"傅老师请。"你先爬!

两人嘴上说着让，实际上却是同一时间肩并肩走进电梯，而后默契地占据了电梯对角线上的两个点。傅微言抬头看着电梯上方的楼层数字，黎音叹低头看着自己的指甲盖。

两边团队的人也默契地跟了进去，沿着对角线分开站好，中间仿佛有一道无形的隔离栏。

类似的事情发生过太多次。说来也奇怪，如此不对付的两个人偏偏极其有缘，在餐厅吃饭偶遇这种事也不是第一次发生了，两边团队早就从第一次看两人交锋时的震惊无措，练成如今的淡定从容。双方甚至还悄悄交换过微信用来场外评判谁输谁赢，站定后，两方开始用眼神无声交流。

"今天平手？"

"平手平手。"

电梯在10楼停靠，有陌生人要搭乘电梯。电梯短暂的停留带来了信号，傅微言和黎音叹以及各自助理的手机同时一震，众人心不在焉地拿起一看。

【傅姐！厉哥被粉丝堵在一楼大厅啦，好多人！［图片］】

【老板，小司被粉丝和记者堵在停车场了！［图片］】

刚进电梯的路人只觉得这部电梯的氛围瞬间变得极为诡异，除了他以外，所有人突然一动不动。

网络上本就有两人和那两位圈内小生关系不简单的小道消息，女明星和小生的娱乐圈甜宠文更是时常将她俩拉出来当模板。倘若她们被拍到和这两人在同一家餐厅吃饭，后果不堪设想——她们虽然不靠粉丝吃饭，但架不住男友要靠粉丝吃饭啊。

更重要的是，关系曝光后，无论是相爱还是分手，两人的关系都会不可避免地对工作造成影响，这段恋爱关系不仅要对恋人负责，还得对工作负责，那太痛苦了。她们只是想谈恋爱，不想将谈恋爱也变成工作的一部分。

然而现在说什么也来不及了。此时电梯已经到了 4 楼，傅微言果断按下 2 楼的楼层按钮，电梯停下后，她压了压鸭舌帽低着头往外走。

站在电梯最里面的黎音叹也拉了拉口罩，带着自己的人快步跟了上去，两个平日里见面就要翻白眼的人此时倒是极为默契。

傅微言踩着高跟鞋大步走着，跑路逃难的同时还不忘讽刺黎音叹："哟，这么舍不得我啊？"

黎音叹迈着大长腿走在她身侧，嘴里不甘示弱："是啊，就像你每次出新闻稿都喜欢拉踩我一样。"

傅微言："那不叫拉踩，那是我发善心让你蹭我热度。"

黎音叹:"嗯？过气女星让当红女星蹭热度？傅微言，你变了，变得好幽默。"

两人一边斗嘴一边拐进紧急通道，然而刚推开门便听到有"阿司！阿司！"的尖叫声从楼下传来，并且这些声音越来越近，甚至还能看到闪光灯在楼道间不停地闪。

傅微言和黎音叹毫不犹豫地扭头往楼上走，两人的助理则留下一部分试图引着冲上来的男朋友往二楼跑，另一部分负责护送傅微言和黎音叹。

傅微言："你选的对象，不仅糊，脑子还不好。"

黎音叹理亏，选择闭嘴。

就在这时，楼上也传来了尖叫声，听尖叫的内容，是厉沉醒的粉丝。

黎音叹乐了："你选的对象，不仅糊，还会从后面包抄。"

两人下意识怀疑这是被算计了，但转念一想，男友应该比自己更怕被人发现。想来是被粉丝堵太久，担心她们下楼时刚好撞上，所以试图把粉丝和狗仔往楼道引，结果没想到女朋友也这么想……

但此时真相已经不重要了，重要的是两人被堵在了三楼和四楼之间，下面是黎音叹的男友，上面是傅微言的对象，还有跟在他们身后数不清的粉丝和狗仔。

简直就是娱乐圈版釜山行。

声音越来越近，两人甚至还听到了自己助理在高声阻拦。

就在此时，黎音叹突然拉下口罩冲傅微言叹道："配合一点。"

傅微言："什么？"

下一秒，黎音叹上前将傅微言推得靠在墙角，一手牵着对方的手，另一只手拉下她的口罩，摘下她的墨镜，掀开她的鸭舌帽。

黎音叹算好时间，就在余光瞥见闪光灯抵达这一楼层时，微微转头靠近傅微言。

闪光灯闪过的那一刹，镜头里只留下肩并肩，手牵手的身影。

整个楼道内，混乱中的各方人马都安静了一瞬。灯光下，黎音叹甚至能从傅微言瞪大的双眼中看到自己的倒影，这一刻，她恍惚觉得时间都被拉长。

直到周遭响起愈发刺耳的尖叫，才将两人惊醒。

3

当晚，傅微言和黎音叹宛若闺蜜的背影图登上头条。

两家粉丝齐齐失声。

傅微言的粉丝和黎音叹的粉丝是出了名的死敌，就算已经脱粉离开，只要一听到对家的名字，无论是不是已经岁月静好，无论当时上的是大号还是小号，都会条件反射地迅速进入战斗模式。

而如今，宿敌变好友，你骂我我骂你，我们姐姐手挽手。

这种狗血剧情简直令人心碎。

粉丝想骗自己那照片是PS的都不行，因为照片有好几个角度，楼上、楼下、拐角，几乎360度拍了个遍，虽然只拍到了黎音叹的背影，但另一个人露出的侧脸和些许头发丝一看就是傅微言……平时模糊成像素块也能一眼认人的粉丝只能不情不愿地出来认领自家姐姐。

等到微博终于缓过来后，两家粉丝也缓了过来。秉持着“打不过就加入”的处世原则以及“我是来加入这个家”的崇高理念，一部分粉丝就地躺平嗑起了绝美姐妹情。

好在还有一部分人在坚持。

傅微言的粉丝坚称傅微言是被迫的，你看她的表情，多么惊慌，多么无措，多么茫然啊，她知道什么？她什么都不知道，她看上去害怕极了！黎音叹好无耻，以前拉踩我们家微言，现在蹭我们家微言的热度。天理难容，岂有此理！

黎音叹粉丝则仿佛集体断网，齐齐沉默，直到半小时后才拿出紧急商讨出的理由：事情是这样的，黎音叹早年拍戏伤到了膝盖，有时候会使不上力，她当时只是没站稳，条件反射随手扶个东西罢了。

两家粉丝开始激情辩论。

而粉丝们在网络上对线的时候不会想到，正主也在做着和她们同样的事——傅微言和黎音叹两人忙着在现实中一对一斗嘴。

傅微言："你是脑子不好使还是故意找借口蹭我热度？"

黎音叹："我解决了我们的危机好吗？"

傅微言："你解决危机的方式就是弄个更大的危机出来？！"

黎音叹摊手："那你去澄清吧，就说你在谈恋爱，然后你男朋友的粉丝就会跑到你微博下叫你大姐，求大姐放过她们哥哥。"

傅微言咬牙切齿："你比我大 27 天。"

黎音叹故作惊讶："我的天，我男朋友都不知道我比他大多少天，你居然算得这么清楚？不是吧不是吧，傅微言你不是吧？"

傅微言撩了撩长发，从容道："你男朋友不知道？那可能是因为你们的年龄差涉及了四位数的运算，他算不清吧。"

……

黎音叹败北。

两人的团队安静地坐在两侧，默默吃瓜。

怎么讲，是不是他们以前都误解了两人之间的关系——看上去针锋相对的死对头，其实心里非常在意对方？

换个角度看世界，这些吵闹根本就是吸引对方注意力的手段吧。

4

楼道借位的事就这么不了了之了，傅微言当然没办法找黎音叹算账，理智告诉她黎音叹当时的办法是对的。越是不可思议的事越不会引起反弹，脱粉的人并不多，大部分人在讨论她们这些年的“恩怨情仇”，小部分人则在质疑是不是炒作，但种种后果都比她们被爆出和流量小生约会好。

可她能理解黎音叹的做法，不代表她乐意和一个自己这么多年来的死对头联手炒作。傅微言好不容易才说服自己，这件事会和其他明星热搜一样很快就会过去。

然而，在一些粉丝忙着澄清的时候，聪明的“音言粉”——没错她们的双人粉丝横空出世——已经开始了写文、画画、剪视频一条龙服务。

第二天傅微言就被粉丝的大作糊了一脸。

他们写的小说里，她和黎音叹看似明争暗斗，实则共攀演艺事业高峰。

他们精心 PS 出的图里，她和黎音叹隔着人海相望，眼神里藏不住笑意。

他们剪辑的视频里，她和黎音叹转世轮回、上天入地，总逃不过伯仲难分的宿命。

傅微言：……

音言粉：好喜欢，多来点。

傅微言：好恶心，快拿走。

她揪住路过的助理："你们花钱营销了？"

助理瞥了眼傅微言手机上的图，是她看过的，摇头："没有没有，都是自发的。"

傅微言："什么？"

助理："我的意思是，都是些不懂事的路人。"

傅微言："我不管，我要澄清。"

跟了傅微言多年的经纪人深知如何才能制住这人，四两拨千斤："又不是真的你急什么，你不会是心虚吧？"

傅微言果然闭上了嘴。

其他助理：这还不是真的？！

5

突然冒出来的"音言粉"大部分都曾将对方视为死对头。

妙就妙在，他们斗了这么多年，为了证明"我姐姐比你姐姐更美"，双方手里都保存着大量同框资源。而以往被用来证明"她俩关系绝对不好"的照片和视频，现在再看，谁不说两位美女越看越养眼，美出了一种"只有我能与你并肩"的气势。

虽然傅微言和黎音叹从多年宿敌变成亲密好友，乍一听会感觉怪怪的，但多看几眼就会觉得香香的，再回味一下，嗯！怪香怪香的！

黎音叹在剧组冲傅微言翻白眼？

不，这不是白眼，当时必然是发生了什么，傅微言为了不让音叹看到她在哭泣，只能努力眼球上扬不让眼泪落下来。

傅微言的小号曾经关注了黎音叹的黑粉？

你品，细品，黑粉在 4 年前曾发微博说过“傅微言和黎音叹站在一起的画面真是绝美”，懂？这是最早的“音言粉”。

黎音叹三年前发微博暗讽傅微言？

音言粉将图放大再放大，那杯绿茶后的背景书柜上第三层从左往右数第七本书，书名叫《来迟》。这不是傅微言早期电影代表作的原著吗？！

就连那天借位事件的现场，两人的助理冲出楼道试图拦住人群的事也被现场的人说了出来，这不是双方工作人员都熟悉的好朋友是什么？

最重要的是，看看两人的名字，一个微言一个音叹，多配啊！都是声音！

所以，这些年的一切不过是欲盖弥彰罢了，两人的闺蜜情已经昭然若揭了！

这下别说傅微言，就连想出这个主意的黎音叹也受不了了。

明明以前还说两人的名字相克，微言音叹加在一起就是噪音，怎么突然就变了？

她带着团队去了傅微言的工作室，试图商量出一个能让“音言粉”冷静下来的办法：“你都不知道那些文写得多可怕。”

傅微言抱着胳膊冷笑，她本来还膈应，但一看黎音叹比她更膈应，她瞬间就舒坦了："这有什么，你慌什么？你不会是真的很在意我，想跟我做朋友吧？"

会议室内，所有人都抬头看向了黎音叹。

黎音叹倒吸一口凉气，她几乎要气笑了，她试图想出绝妙的反击，最好能将自己受到的侮辱双倍反击回去。然而她脑海里闪过的好几个点子都被下意识否定了，不是伤害性不够大，就是侮辱性不够强，都不足以赢过傅微言。

然而等她终于想好怎么反击时，一抬头就发现办公室里所有人——包括傅微言，看向她的目光都变得极其微妙。

傅微言猛地站了起来，冷着脸对她说："你死了这条心吧。"

"呵……"黎音叹差点就这么当场厥过去，她也跟着站了起来，直视傅微言，努力证明自己的清白，"我刚才是在想怎么嘲笑你，你怎么会有那么可怕的想法。跟你做朋友？做梦！"

然而由于太过激动，黎音叹的脸颊变得通红，甚至红到透过粉底，在脸上浮出薄薄一层粉色。

傅微言当然知道是他们误会了黎音叹的反应，但这不妨碍她就地气死黎音叹。她指着黎音叹冲会议室里的其他人告状："她急了。"

其他人频频点头又齐齐摇头，不是急了是乱了，心乱了。

黎音叹：……

后悔，当事人现在就是非常后悔，她当时干吗要故意恶心傅微言？她当时就应该给她一巴掌！

6

黎音叹捏着鼻梁深呼吸，手还在微微颤抖，被气的。

会议室的人默默吃瓜。

傅微言从容地坐下，心里舒坦极了，只觉得这些天受的恶气一扫而空。

黎音叹终于不抖了，她掏出手机，恨声道："我现在就澄清，我就是孤独终老，我也不会跟你这种人做朋友。"

傅微言："就算得不到我的友情，你也不必这样，不至于。"

黎音叹：……

她要不就在这里和傅微言同归于尽算了。

然而就在黎音叹已经开始在微博上打字发毒誓时，公关部的人来说，有营销号将那天的现场照片全部连了起来，开始怀疑她们俩和那两位小生的关系，情况有些不妙。

究竟是傅微言和黎音叹在和自己的流量男友约会，还是傅微言和黎音叹为了隐瞒两人交好的真相，做贼心虚找人打掩护?

这显然是个送命题。

公关部的人问道："你们没留什么把柄吧？"

傅微言："我没有。"

黎音叹："餐厅走廊的摄像头？"

公关部同事："这些我们会派人处理，但在事情解决之前，你们先别澄清你们的关系，能帮着转移一部分视线。"

傅微言："我们能有什么关系？"

黎音叹："如果我俩死后坟包距离不超过十米，我都会诈尸爬起来，就为了离她远点。”

傅微言：“你不会趁机越爬越近吧？”

黎音叹：“那可能是为了把你的土包给推平了。”

其他人看得津津有味，怎么讲，这两人的关系就真的越看越有意思。

公关部的人和傅微言合作好些年了，说起话来也很随意：“网友就是刷刷姐妹情而已，你们也太敏感了吧，显得你们好心虚啊。”

傅微言立即指着黎音叹告状：“她最心虚，她刚才被我拒绝后急得脸都红了。”

然而此时的黎音叹已经冷静下来了，她迅速反击：“你看看那天楼道里的照片吧，我不过是搂了你一下，你看看你那耳朵，红得我都不忍心看。”

“我那是被你气的。”

“你看，你急了，你急了。”

……

两人你一句我一句吵个不停，然而会议室里的气氛却越来越古怪，等到两人终于察觉到了气氛不对劲，齐齐安静下来，并装作若无其事地看向会议室里的其他人，才发现同事的表情都很一言难尽，既兴奋又古怪。

特别是公关部的人，她看着傅微言和黎音叹，小心翼翼中甚至透着几丝卑微：“如果……我是说如果，如果你们真的决定做好姐妹……记得提前跟我说一声哈。”

傅微言、黎音叹：“滚！”

7

世事难料。

一周前，傅微言微博小号的首页上全是黎音叹的黑料。

一周后，傅微言微博小号的首页上全是自己和黎音叹的衍生创作。

雪上加霜的是，傅微言的男朋友想要个名分，他想公开关系。

也许是傅微言在这段恋爱关系中的游刃有余让他感到不安，安全感并不只有女人才需要，准确来说，总是爱得更多的那一方需要。

巧的是，黎音叹也遇到了同样的问题。

两个冷酷无情的女人在这方面倒是很有共同话题。

她和黎音叹的经历太过相似，在娱乐圈浮浮沉沉十多年，财富、名气、地位都不缺，演过好几部经典电影和电视剧，可以说是站在神坛上的女人。演戏带给她们无与伦比的成就感和幸福感，她们不想让大众过多地关注自己的情感生活，然而恋爱关系曝光后，一切就身不由己了。

捆绑关系、恋爱综艺、情侣档电视剧……流量会裹挟着她们去演自己不想演的戏，接自己不想接的通告。而那会极大地浪费她们的精力，她们能演戏的黄金年龄段不长，一天都不想浪费。

然而和男友的谈话并不顺利，无论最初有多么平静，谈到最后总是会演变成够不够爱的问题。

傅微言发现，网络上猜测她和男友之间关系的帖子越来越多，她知道这是对方在试探她的底线，他在用这种方式逼她站出来承认，毕竟主动曝光总比被粉丝扒出来要好。

傅微言直接和男方说了分手，与此同时，为了压下那些帖子，她不得不继续忍受满屏幕的“傅微言问心有愧”和“黎音叹欲盖弥彰”。

好在黎音叹那边也面临同样的困境，也顺理成章地拥有了一位前男友。

两人焦头烂额地联手对抗前男友，还不忘抽空在微信上挖苦对方。

【傅微言】：每天和我的名字并排挂在热搜上，你很开心吧？我前男友都没有这个待遇。

【黎音叹】：还行吧，也就是我名字永远在你前面，毕竟我……

【黎音叹】：是你爸爸。

傅微言气得摔了手机，就这么个东西，她宁愿去演恶婆婆也不要和黎音叹捆绑了。

就在傅微言快要忍到极限时，两人捆绑的后续来了，一部双女主戏找到了她们，大制作、名编剧、名导演，合作的都是好演员，戏里她们是站在对立面上的知己，还有非常多、非常多的打斗戏。

傅微言只看了三分之一就将剧本丢到桌上：“不接。”

经纪人：“你都没看完，你看完再决定呀。”

傅微言：“我看到黎音叹三个字就眼睛疼。”

经纪人比了个数字：“片酬这个数。”

傅微言犹豫了，黎音叹是臭的，但钱是香的啊。

经纪人又将制作班底说了一遍："这戏可是奔着冲奖去的，想想奖杯——你难道不想用奖杯砸黎音叹的脑袋？"

傅微言虔诚地拿起剧本认真研读："我要砸她的鼻子。"

而黎音叹的反应也差不多，上一秒还丢掉剧本，誓不跟傅微言合作；听完片酬、班底和画饼的奖杯后就改用双手拿起剧本重读，并发誓："如果得奖了，我要用奖杯敲掉傅微言的门牙。"

而除了电影剧本外，还有许许多多的活动也找上了门。

两人倒是不缺那点钱和露脸机会，但无奈厉沉醒和黎音叹的那位"阿司"步步紧逼，不断买通营销号，重提那天的事，言语间都在暗示那天他们是分别和傅微言黎音叹吃饭，试图让她们回心转意并公开关系。

然而傅微言和黎音叹这两位老油条可谓铁石心肠，完全不为所动，并让经纪人和公关部直接去找他们公司谈判。

为了尽量把群众的视线从约会风波上转移开，傅微言和黎音叹不得不带着各自的团队碰面，选择性地一起接了几个通告。

然而有些情感是刻在骨子里的，哪怕出通告时不得不装作关系很好的样子，两人还是会下意识地避开眼神和肢体上的接触。

比如不小心对视会仿佛被烫到一般迅速移开眼神，比如被助理带到台上站在一起时会悄悄往外挪半步和对方拉开距离，又比如……在无人知晓的角落，抓紧一切机会依照本能互损。

傅微言："珍惜我今天的笑脸，等事情过去后你就看不到了。"

黎音叹："医生怎么说？还能治吗？"

傅微言："什么还能治吗？你是说你昨晚梦到我这件事？"

黎音叹："我是说你的精神病还能不能治。"

当晚，两人又上热搜了。

不是因为那些隐忍而又克制的眼神，也不是那些想靠近却又缩回手的卑微和怯懦，而是两人在角落里窃窃私语的那段被人录了下来，虽然视频画面不怎么清晰，但"音言粉"里的十级唇语大师还是读出了几个字："你昨晚梦到我"。

音言粉哭了。

是真的，她们在梦里都想着对方，这是什么神仙姐妹情！

你看傅微言说这句话时的眼神和笑容，超惊喜超宠溺的！

8

黎音叹、傅微言：……

黎音叹一脸迷惑地盯着热搜上的视频："惊喜又宠溺的微笑？"

傅微言尬得脚趾抓地，但依旧不忘反击："你先想想怎么解释你梦到我这件事吧。"

黎音叹："那话是你说的又不是我说的，我又没承认。"

傅微言："你是没承认，但'音言粉'分析了你的肢体语言，说你当时害怕极了，因为被我说中了藏在心底的秘密。"

黎音叹："我确实是害怕极了，害怕你宠溺的微笑。"

傅微言：……

怎么办，好想丢掉优雅人设，抓住黎音叹的头发和她打一架。

黎音叹冷笑，傅微言冷哼，双方都试图用眼神弄死对方。

傅微言："我宁愿被逼到退圈也不要和你捆绑炒作了！"

黎音叹："和你捆绑这件事四舍五入一下就是在逼我退圈。"

两人对视了十几秒后，不顾两位经纪人"冷静，冷静！"的呐喊与哀求，各自抢过自己的手机，一边用胳膊肘和经纪人搏斗，一边分别占据一个角落发微博。

【@黎音叹：我的心里只有事业。】

【@傅微言：我的心里只有事业。】

经纪人还在试图让自家艺人冷静克制成熟。

但站在远处的两个小助理却突然欢呼一声拥抱在了一起，即便隔了老远，也能听到她们狂喜的尖叫声："是真的！她们是真的！"

傅微言、黎音叹：……

两人都感到不妙，再看向正在看手机的经纪人，这俩人脸上都透着欣慰与幸福。傅微言和黎音叹对视了一眼，顾不上吵架，赶紧切到对方主页去看对方发了什么。

然后就看到对方发了条和自己这边一模一样的微博，两人齐齐倒吸一口凉气，迅速切回自己首页，顾不得浏览已经破千的评论，火速删掉了那条微博，删完才有心情再度去搜对方的微博，想要去评论区看看粉丝们的反应。

结果点进对方首页一看，对方也删了。

傅微言："完了。"

黎音叹："完了。"

傅微言的经纪人已经开始拍大腿了："太妙了，这招太妙了！好自然，你们太会了。"

黎音叹的经纪人就谨慎多了，她小心求证："你们不会是商量好的吧？"

傅微言和黎音叹：……

当晚，粉丝们得出一个结论：她们真的是彼此的好闺蜜。

"她们之间的姐妹情早已超脱了世俗的标准，是心灵上的交锋，是灵魂上的相互吸引。她们专心追逐着自己的事业，一起往前走，目光的落点是那星光闪耀的山顶，也是对方的眼底。"

"是的是的，呜呜呜，我每一次和你走过同一条红毯，都是一场彼此之间的盛大仪式，你是我唯一的挚友，而千万人欢呼什么我不关心。"

"星河浪漫，迷雾里的钟声忽远忽近，有些友情不用昭告世界，芙蓉花落满了枝头，自有人知晓它的美丽……"

"楼上说人话！"

"哦，我的意思是，她们是真闺蜜！"

9

剧组。

傅微言坐在自己的专属座位上，思考事情究竟是怎么走到这一步的。

她和黎音叹已经进组了，拍那部双女主大电影。按照导演和编剧的话来说，这项目已经筹备好久了，但一直没找到符合人设、还能碰撞出火花的两位女演员。直到看到傅微言和黎音叹的视频，那感觉瞬间就对了，这两人站在一起就有种必须死一个的宿命感，超带劲，完美符合剧本设定。

傅微言心想，你们舞，我就看着你们舞，等舞到让粉丝开始怀疑她们在炒作，她就能解脱了。

抱着这样的心态，傅微言越来越平和，她甚至能在黎音叹被粉丝写的小说气到发疯时在旁边幸灾乐祸。

但幸灾乐祸的第二天，音言超话里多了条热帖。

【人在圈内，有点人脉，lyt喜欢看她俩的文，每次被虐到生气难过的时候，fwy就会笑她笨。】

“怎会如此？”

“很好懂啊，笑她居然会被虚假的背叛和心碎虐到，毕竟现实中的傅微言永远都不会那样对黎音叹。”

“大师我悟了。”

“说真的，你们刷姐妹情也不要上升真人吧……哦，一直都是真人啊，那没事了。”

黎音叹：……

黎音叹放下手机问经纪人：“为什么她嘲笑我也能被解读成我俩姐妹情深？”

经纪人也有话想问：“你为什么每天都要看你们俩的超话？”

有十年工作经验的剧组化妆师手一哆嗦，眉毛画歪了。

黎音叹：……

当近在咫尺的这只手哆嗦时间超过十秒时，黎音叹问了这样一个问题：“你也是‘音言粉’？”

化妆师左手攥住右手手腕：“也不算，只是你们俩的路人粉。”

10

尽管傅微言和黎音叹还在捆绑中，但有些本能是无法控制的，比如看到对方的脸就一阵火大这种事。

上一秒两人还在冲对方笑，导演一喊“卡”，脸上的笑容就迅速消失。

两人的经纪人私下劝了许多次，说什么就算剧组有规定不会泄密，但你俩在捆绑营业，能不能不要这么冷淡。要是传出去，“音言粉”得多伤心啊，解绑这种事要慢慢来，要给他们解绑冷静期。

傅微言抿着茶水一派从容，指了指坐在旁边的黎音叹：“你信不信就算我现在给她一巴掌，还被人拍了发网上，超话里也会说被甜到了。”

黎音叹点头：“还会让大家细品这一巴掌。”

傅微言：“而且我们从来没承认过我们的关系，就算参加活动也和以前一样，我们对彼此的态度从来没变过。”

黎音叹：“一直期待着能在对方的葬礼上狂舞。”

傅微言：“并高歌一曲《明天会更好》。”

黎音叹：“是吗？我准备的歌单是《好运来》。”

傅微言：“你会被打出去。”

黎音叹：“不用担心我，你安心躺着就好。”

傅微言的经纪人：……

黎音叹的经纪人小心翼翼：“你们……”

傅微言和黎音叹异口同声地吼道：“是假的！”

黎音叹的经纪人："不是，我是想问，你们需不需要清场？"感觉大家都好多余。

傅微言和黎音叹：……

两人同时用力起身，而后一个向南一个向北，头也不回地大步离开。

这一仿佛决裂现场的画面被几里外的铁杆粉丝拍了下来，精修后转手倒给了其他"音言粉"。

富婆粉丝尖叫着发在网上分享给同好，还贴心地给照片取了个名字——

《你是我最重要的朋友》

11

傅微言和黎音叹成名多年，尽管两人一相遇就幼稚得像小学生，但工作起来还是十分敬业的。进组后除了少数几个不去就要赔违约金的活动外，平日里基本不会请假，就算当天没有她们的戏，也会待在剧组，要么和老演员聊天学习，要么继续研究剧本。

而这期间，"音言粉"的热情终于开始慢慢冷却了。

两人靠作品吃饭，对于粉丝的属性和构成其实并不怎么在意，也许早年间还会希望粉丝能喜欢她们的才华，欣赏她们的演技，而不是过分关注她们的容貌，但随着时间推移，她们早已释怀，大家开心就好。

毕竟，长得太美又不是她们的错！

而就在这部戏快要杀青的时候，厉沉醒和阿司终于安静了。

他们之前倒是一直试图联系上傅微言和黎音叹，可惜两位女主角进组后就销声匿迹了，对外面的事一概不理不回应。而且他们相继收到了公司的警告，更重要的是，厉沉醒和阿司发现，粉丝不可能接受他们有女友，哪怕对方是傅微言和黎音叹。准确来说，谁都不行。

厉沉醒和阿司终于放弃了，他们确实爱傅微言和黎音叹，但他们更爱自己的事业。

前男友危机终于过去了，傅微言和黎音叹这两位敬业的演员耐心地隐忍蛰伏着，等这部戏杀青，等这部戏剪辑制作，等这部戏宣传，等这部戏上映，终于等到这部戏下映。

电影下映的当天，傅微言火速打钱买了黑通稿。

【人在圈内，有点人脉，某F姓女星很高冷，L疯狂讨好，但结果不理想。】

而几乎是同时，另一波营销号也在热转一篇八卦。

【八一八前不久疯狂营销的那对女明星——F单方面示好，L害怕极了。】

傅微言：……

根本不用想，除了黎音叹不会有人这么无聊又低级。

傅微言黑着脸浏览这个垃圾帖，里面充斥着各种小故事小细节，图文并茂，都在试图证明一件事：F女星单方面示好L女星。

干脆直接报她的身份证号算了，傅微言戴着墨镜冷脸登机，等她落地开机，就发现自己黑着脸看八卦帖的照片在网上疯传，而黎音叹不仅给照片点了赞，还发了条微博隔空回应。

【@黎音叹：对不起，我的心里只有事业。】

傅微言冷笑，登上自己的微博发了四个字。

【@傅微言：你又急了。】

黎音叹默默地给自己买的黑帖点了个赞。

傅微言火速截图她点的赞，然后发微博。

【@傅微言：笑死，我才害怕极了好吗？［图片］】

换作半年前，两人这么一来一回，两家粉丝早就开撕了。

可如今的评论区……

"又开始了是吗？"

"谁说不是呢？"

"人家闺蜜之间的事我们也不好插手吧。"

"所以她们在吵什么？"

"不知道，总之……总之看上去非常可爱。"

大概是评论过于和谐，五分钟后，傅微言和黎音叹齐齐删了微博，装作无事发生。

傅微言面无表情地对经纪人道："以后有我没她。"

经纪人将新剧本双手捧到傅微言面前，说了十二个字："双女主、大制作、黎音叹、八位数。"

傅微言：……

END

『明年我们还一起看烟花吗？』

『好啊。』

THE GIRLS
WANT TO SEE
THE FIREWORKS
FROM THE SIDE

MISS

高冷
斯诺克选手

×

元气
机车少女

少女们想从侧面看烟花

THE GIRLS WANT TO SEE
THE FIREWORKS FROM THE SIDE

少女们想从侧面看烟花

THE GIRLS WANT TO SEE THE FIREWORKS FROM THE SIDE

文 / 橹 中

橹中，不是檀中。
八百年前活跃在杂志上，偶尔写点自己想写的故事，不过都没写完；八百年后懒山崩塌，从山底下爬出来写稿，一年写了几万字还沾沾自喜，自诩天下勤快人，当然也没写完。

1

孔雀在昏昏沉沉中梦到了大海。

她梦见海水徐徐而来，温暾地没过海岸，被潮水推上来的沙粒覆盖住她的脚，随后又被潮水从她脚上拂去。她抽出脚，蓦然发现自己变成一只海鸟，于是她伸展翅膀，逆着海风飞翔，陡然一个海浪打下来，她在风中摇摇欲坠。

有声音将她从梦境中捞起，她支起耳朵，努力去分辨声音的来源，但此刻人声还夹杂着海风声，所有声音混在一起，刺得她耳中嗡鸣声乱响。而在短促的耳鸣后，一切开阔起来，她终于听清那个声响。

“快看，周昀上场了！”

是程南的声音。

她蓦地睁开眼，思绪从悠悠海浪上收回，才想起自己此刻还坐在看台上，陪程南看一场自己毫无兴趣的斯诺克比赛。她打了个哈欠，余光中突兀闯入一抹白，在暗沉的赛场中白得亮眼。她下意识去看这抹白的所在之处，目光寻寻觅觅，最终落在场上女选手的手上。

隔着这么远的距离，孔雀看不清选手的五官，只看得到那双手正握住球杆，气定神闲地给杆子皮头磨巧粉。黑色的马甲，白色的手，两色交汇间，黑白更分明，孔雀忍不住想，她好白，白得像奶奶脖子上戴的羊脂玉。

孔雀心猿意马，比赛是怎么开始的她完全没有注意到，她的神思如同桌上的球，完全被选手牵引着连杆走了。

等程南意识到她在发呆已经是后半场的事了，她用手肘撞撞孔雀的手臂，试图将她撞醒：“雀雀，你在发什么呆？”

孔雀如梦初醒，她回过神解释道：“我看不懂。”

她对斯诺克一无所知，对选手也并无了解，按照往日的性子，她必然会让程南专心看比赛，不用过多关注自己。偏偏这一瞬间，她鬼使神差地伸出手指向场内，问：“她为什么不把球打进洞？”

倘若身处电影中，那这应该是一个慢镜头，上一秒是孔雀指出去的手，下一秒被指到的人恰好抬头——周昀刚做完一个球，白球滚向黑球，停在几乎贴着黑球的地方，而在黑球下方，粉球挡着棕球，形成一杆难解的斯诺克。

周昀收杆时视线掠过看台，在某个地方停驻了几秒。两人相隔甚远，目光却跨越人海，在半空中相撞。即使知道对方看不清自己，孔雀依然有种被抓包的心虚感，她不自在地收回手，摸了摸鼻子。

“那是周昀，天才型选手，最擅长的就是做球。”程南边看比赛边给她讲解，“不打进洞是因为她在给对方做障碍球，对方如果解不到球要扣分的。”

孔雀听得似懂非懂，正说着，场上另一位选手试图以薄球[①]来解，白球滚动了段距离，没碰到球，场上无一不是叹息。球权交换回周昀手上，她不紧不慢找好角度，抬高杆尾和手架，轻轻打了个白球左塞，回旋的白球把粽球推入袋。

这是一记漂亮的扎杆[②]。剩余的球位置并不太好，观众开始猜测她要做球，谁知她绕着台桌走到白球边，透力击出一杆远台，白球笔直地撞向袋口边的蓝球，蓝球落袋，白球旋转撞库，被反弹至库边。

看台上轰动起来，程南猛地拍向自己大腿：“哇！高杆吸库[③]！周昀太秀了！”

台桌上只剩下粉球与黑球，但周昀没有要下去的意思，孔雀瞅瞅程南，想等她解说一下。然而程南看得摩拳擦掌，根本顾不上孔雀：“她想一杆清！牛哇牛哇！不愧是周昀！”孔雀莫名被感染出几分翘首以待的兴奋。

视线回到场上，周昀果然利落地打完了粉球，看也没看黑球

---

①薄球：台球运动技术术语，是击打球的技巧之一。指母球与第一子球、第二子球的中心连线趋近于直线状态时，母球击中第一子球时的厚度较薄，且又滚向第二子球的撞球法，称为"薄球取法"。

②扎杆：台球术语，是指击球时，将球杆与台面成一定角度或几乎与台面垂直，由上而下击打主球。

③高杆吸库：利用母球向前的高速运动和旋转来抵消吃库后回弹的作用力，使得母球在接触库边后还能停留在库边或库边附近的一种杆法。

一眼，径直走向对手，和对方友好地握手表示球局结束。不击球的她站得挺拔，姿态神色中总显出几分胜券在握的散漫。孔雀看着她失神，直到手中被塞了纸和笔——

程南大舒一口气，风风火火要离场："雀雀去帮我要个签名，我要去洗手间，可憋死我了！"

孔雀拿着纸笔一脸蒙圈："你要谁的签名啊？"

程南头也没回，往场中一指："当然是她的！"

孔雀顺着她指的方向看去，只看到周昀正要离场，而对手还站在原地，与人侧头说话。她又低头看了眼自己手上的笔，心想，原来程南喜欢的不是周昀啊。

2

选手们都在后场给人签名，孔雀本以为斯诺克是相对小众的体育运动，没想到排队要签名的人还挺多，尤其是周昀那里，人从门口直接排到了她面前。程南喜欢的这位选手人气也不差，队伍比周昀的短不了多少。孔雀在队尾排了好一会儿，就低头看了眼手机的功夫，突然冒出两个人插队到她前面。

她按熄手机屏幕，语气不太高兴："喂，你们怎么插队啊？"

前头两个男人似乎是一起的，听闻此话都回过头，扯着声音说话："看你年纪小小的，讲的一口什么话。"

孔雀不甘示弱，立刻反驳："大家排队排得好好的，你们上来就往我前面站，还不允许我说出来吗？"

争吵逐渐白热化，围观的人越来越多，替她说话的人却没有一个。孔雀攥紧拳头，指甲掐进手心里，她觉得这事情荒唐又好笑，她不信这么多双眼睛，没有一双看见了真相。

有人拨开人群，带进来稀稀落落的光线，孔雀无暇去看是谁，她倔强仰起头，坚持自己的原则："是你们要和我道歉，并自觉排到最后去！"

两个男人骂骂咧咧，说着不堪入耳的话，其中一人甚至三番四次抬起手恐吓她，想要给她一个教训。孔雀梗着脖子不退后，冷漠地看着对方："有本事你就打下来，大不了我们就到派出所走一趟。"

男人像是被刺激到了，手朝着孔雀脸上就去了，但这一巴掌没落在她脸上——周昀不知道什么时候走过来了，伸手将孔雀往后拉了半步，拉入自己怀中，另一只手则挡在孔雀面前，替她承接这一下。

她救出自己的动作太过流畅，好似演练过千百回。孔雀一怔，无端想到自己那时坐在看台上做梦，也是周昀的名字将她从浑噩的梦中惊醒。

她好像一颗启明星，光芒万丈。

"嘶……"这巴掌下手极重，周昀疼得倒吸口气，看见自己手臂迅速地红肿起来，她本来就白，这下更衬得伤情吓人，"安保人员呢？"

那可是周昀！主办方也被吓到了，匆忙找来安保人员将两个男人制服，又急忙让医护人员给周昀看看伤情。

他不停地对着周昀道歉，周昀瞥了眼他，没接受他的道歉。

她问自己身侧的孔雀：“你怎么样？”

孔雀自觉与她拉开距离：“我没事，但你看起来不是很好。”

方才离得远，她看不清周昀的样子，离近了才发现，周昀的长相很有攻击性，最有特色的是眉尾，凌冽得好似一把剑。

“确实有点疼，”周昀点头，确认孔雀没事后，她重新和主办方沟通，言词峻厉，“你该给她道歉，不是给我。”

主办方连忙说是，鞠躬给孔雀道歉，并承诺送她下场比赛的门票，孔雀并不热爱斯诺克，因此直截了当地拒绝了主办方的赠票。但她也忽然想起来，自己其实是来给程南要签名的，她匆匆抬起头去找那位选手，才发觉对方已经不知在什么时候离了场。

她神色怏怏，把手里的纸和笔一股脑塞进包里。趁着周昀还没走，孔雀犹豫几秒钟，小声问道：“能问一下您，刚才在场上为什么不打最后一颗球吗？”

“因为不打那颗球我也赢了，”周昀饶有趣味地看着她，在这瞬间洞悉了故事的始末，“替朋友要签名？”

“嗯，可惜没注意到她走了。”孔雀有些惋惜，片刻后她又想起插队风波，后知后觉委屈起来，“没有他们插队，我早替南南拿到签名了。他们明明就是插队了……”

后半句她说得很小声，小到可以和夏天的风媲美，但周昀还是听清了。她向来不是多管闲事的人，这一次偏偏极有耐心，出言安慰连球迷都称不上的小姑娘：“我知道，他们插队了。”

孔雀情绪骤然失控，眼眶说红就红。

“很少有看斯诺克比赛却不喜欢我的人。所以，”周昀慢条斯理地说，“赔个我的签名给你交差，行不行？”

她看起来是认真的，而认真的人最容易令人敬服。

签名被交到程南手上，本来还在抱怨这个破场馆出去了就不让进的人，拿到签名的那一刻，脑中就什么不满都没有了。她抱着这页签名原地狂欢：“天啊，我居然拥有周昀的签名了！”

孔雀看着她乐得像个傻子，心里有些遗憾没能多问周昀要一张签名。突然间，她也想拥有一张周昀的签名。

3

距离比赛结束已经过了半个月，家和训练室两点一线的生活也维持了半个月，周昀终于觉得有些闷得慌。她决定出门透透气，顺便买杯奶茶放松一下，但出门的时候着实没想到自己会这么倒霉——被小电驴刮伤，然后被罪魁祸首诚惶诚恐地带去最近的诊所，往问诊室一坐，发现值班的医生恰好是从小看着自己长大的邻居叔叔。

邻居叔叔看见她倒先乐了：“哟，小昀啊。”

周昀把被刮伤的手往桌子上一放：“杨叔叔，看看？”

杨波澜从桌子上拿起眼镜戴好，看清伤口大小后立刻皱起眉头：“怎么刮得这么厉害？还刮在手肘，这不是得耽误你一个多月的练习？”

罪魁祸首要说还能算半个熟人——孔雀规规矩矩在后面站着，大概是知道自己闯祸了，头垂得像一只霜打的茄子，听见“一个多月”四个字后不可思议地抬起头，两只手不自在地转动着钥匙上的挂环。

周昀将她的神色看得清清楚楚。

少女的倔强中带着些悔意，一双眼睛好似淋过雨，湿漉漉的，又亮又好看。她张张嘴，像是想说话又不知道要说些什么。

怪可怜的。

“不小心刮伤了，您帮忙处理一下就好。”周昀用眼神示意孔雀别开口说话，补充道，“别告诉我爸妈。”

“这么严重还不告诉家里边？”杨波澜取出碘附给她消毒。

碘附接触到伤口，周昀忍不住倒吸气，她又看了眼罪魁祸首，那人正歪着头，又是皱眉毛又是闭眼睛的，好像痛的那个是她似的。周昀看着给气笑了，这一笑伤口上火辣辣的痛感倒好似下降了许多。

处理完伤口又被逮着交代了好些注意事项，周昀接过单据要去结账，孔雀慌忙抢过来打算去付钱，周昀不紧不慢喊住她：“单子给我吧，熟人打折。”

她这才想起医生似乎和受害人很熟稔，只好尴尬地把单据还给周昀：“那我待会儿转钱给你。”

周昀没理由拒绝，点了点头。

出诊所后孔雀一个劲地鞠躬道歉：“对不起，对不起，是我骑车不小心，钱我转到您的支付宝还是微信？”

周昀本来想说支付宝，话到嘴边心思一转，说：“微信吧，加个好友？”

孔雀连忙从包里掏出手机调出二维码：“应该的，您这边要是还有什么不舒服也方便找我。”

“不是这个意思，”周昀加上她好友，“不赶时间吧，走走？”

孔雀没犹豫，把共享小电驴重新停回了停车区。

初夏的夜晚，户外只有21℃，晚风还夹杂末春的潮意，周昀出门时趿着拖鞋，也没披件外套，此时晚风一吹，吹得她打了个喷嚏。

“不冷吗？”还是周昀先开了口。

孔雀回得很谨慎：“有点。”

“那一起喝杯奶茶，”周昀指指前面的奶茶店，“理工大学的？”

孔雀诧异：“你怎么知道？”

“你打开包的时候看见校园卡了，”周昀指回自己，“我还算你学姐，不过我已经毕业了。”

有了这一层关系，孔雀对她的印象终于不再局限于斯诺克比赛选手，放松了一直紧绷着的身体。

“叫什么？”

“孔雀，就是动物那个孔雀。”

“心情不好？”

“没……怎么看出来的？”

大概是到了要关门的点，往日里排队能排到街尾的奶茶店现在竟然没有太多的人，周昀往队尾一站，接着说：“你脸上写满了‘有心事’三个字。”

孔雀跟在周昀身后，她今天心情确实不怎么好，人在面对陌生人的时候又总是更容易将心事说出口，她仿佛找到了一个可以宣泄的地方。

她撇撇嘴，整个脸垮了下来："傍晚和我爸吵了一架，本来只想出来吹吹风，结果骑车还刮了人。"

周昀从她放松的状态中窥见了久违的少女感，刚准备说点什么，却听见少女兀自说了下去。

"十八岁生日之前，我爸问我想要什么，我说想要一台运动机车，他答应生日送给我。到了那天我从早上等到晚上，结果只等来了一套小礼裙，他和我说学习为主，让我先好好高考，高考之后再给我买。等到考完后，我问我的机车呢，他哄着我说等十九岁生日补给我。等我十九岁的时候他又说女孩子骑机车不好，不准备给我买了。我和他吵了起来，我说如果最开始就不打算给我买，何必要骗我这么久呢？他说他这是为我好。最好笑的是他说我这么大了，也该学着怎么打理生意了——大人有些时候真的很不可理喻，爱撒谎又不肯承认，总打着为你好的名义来满足自己的控制欲——谁要接手他的生意啊，我不要。"

"今天生日？"

"啊？是。"

"生日快乐。"

前头人点完单，周昀娴熟地给自己点了一杯，然后扭头问孔雀："你喝什么？"

孔雀下意识接口："一杯蔓越莓奶茶，冰的。"

奶茶做好后，周昀把冰的那杯递给孔雀，对方接过来端在手中，半天也没换手。周昀心想年轻人果然像团火，这个天气都还能受得住冰饮。

深夜十一点的街道依旧灯火通明，行人却少了一半。两人好像都没有要回去的意思，有一搭没一搭地聊着天。

“多谢学姐请我喝奶茶。”

“一杯奶茶而已，不然下次我回学校时你请我吃螺蛳粉？”

“食堂三楼的？”

“Bingo！”

“学姐不是毕业了吗？”

“是毕业了，”周昀吸了口奶茶，“不过我身份有点特殊，所以时不时要回学校指导一下新生。”

孔雀想起她的身份，明白了特殊在哪：“好像是听说台球社最近有比赛，学姐要去参赛吗？”

“参赛倒是不至于，那不是欺负人吗，”周昀摇摇手中的奶茶，忽然想起些什么，她慢慢挑眉，问孔雀，“你记不记得我是谁？”

“记得的。”

“那你为什么觉得我是去参赛的？”

人有些时候，嘴是比脑子要快的，就比如现在。孔雀一时词穷，给不出解释，只好一直低着头，盯着自己的脚尖看。

“你可以拿出手机搜一下我的名字，周瑜的周，日匀昀。”

孔雀果真拿出手机，单手操作起来有些困难，她极其自然地把奶茶递给周昀：“帮我拿一下？”

周昀接过来，被冰得打了个激灵：“不冰吗？”

“还好吧。”孔雀在搜索框中打“周昀”两个字。

“天还不热，女孩子少喝点冰的。”

“学姐，你说话好像我奶奶啊，”大街上网络有点慢，搜索框还没出现结果，“我不痛经的。”

周昀哑口无言。

“唔，出来了……斯诺克协会副会长？”孔雀大吃一惊，“学姐你好厉害！”

“只是市级。”周昀补充道。

“那也很厉害！”她说完忽然不吭声了，眼睛不停地往周昀的手肘看，半晌后小声问，“这得耽误你多久啊？”

“这吗？”周昀看了下伤口，因为面积过大，所以看起来格外严重，“可能十天半个月吧，我也正好休息一段时间。”

孔雀犹犹豫豫：“休息这么久不会影响手感吗？”

“会有一些，但是后面多练练也就回来了。”周昀先喝完，在附近找了个垃圾桶把杯子扔进去，她感慨着，“我爸要是知道我有不想练习的一天，大概会感动到哭吧。”

孔雀一口气把奶茶喝完，也扔进了方才那个垃圾桶中：“为什么？还有父母盼着子女偷懒摸鱼的吗？”

孔雀没有扎马尾，像寻常女孩一样披着头发，大概是头发蓬松得看上去手感很好，周昀总想去摸摸她的头，事实上她也真的这么做了：“我从小就比较自觉，每天放学做完作业就开始打球，日子一天比一天无趣。我爸一直觉得我是受他影响，每天被困在球室，才会没有自己的爱好，没有一点活力。他成天在我面前唉声叹气，甚至怂恿我可以叛逆一下，比如和同学一起出去玩到夜不归宿，考试成绩不理想自己偷偷模仿家长签字之类的，我有时候都觉得他想法怪不对头的。”

“真好啊。”孔雀没有拂开那只在自己头顶作乱的手，显然对发型并不是那么在意。

她们不知不觉走到了大桥附近，周昀指着对面说：“看，到河边了，来过没有？”

孔雀抬眼望去，昏暗的夜幕中看不清对面的雕像，她摇摇头：“没怎么来过。”

周昀听她口音像本地人，得知她没怎么来过时有些意外，又确认了一遍：“真的？”

“真的，”孔雀伸展着两只手，“我一直对这些没有什么兴趣，就连这里的烟花，也因为没有人陪我所以从来没看过。”

周昀挑挑眉，惋惜道：“真可惜。”

与其说是惋惜，不如说附和的成分更多，孔雀没由来感到一阵心烦，她侧过头问周昀：“那学姐有看过吗？”

周昀搜索了一下脑海中的记忆：“在训练之前也许是有的，不过我不记得了。”

“真可惜。”孔雀学着她的话。

但是在可惜什么，双方都没有问。

4

从初夏步入盛夏远比预想中要快很多，快到让人还没做好过夏天的准备。

✦

早上七点十五分，太阳刺得人睁不开眼睛，周昀咬着豆浆吸管，自觉地站在树荫下等早餐店老板炸油条。树缝里落下一片晴，刚巧落在她的伤口上，半分钟后被晒的地方有些烫又有些痒，她腾出右手想要搓下左手臂，手指触摸到新结的痂后顿了顿，象征性地挠了两下。

老板两只手把面团一拉，开始和她搭话："要不进来吧，外头晒，油条刚炸完热气重，得等会才能吃。"

油锅就搁在店门口，旁边留了条狭窄的道过人，周昀看着油条滚下锅，溅起的油点噼里啪啦响，她摇摇头："我就站这吧。"

话音刚落，马路上驶过一辆重机车，发动机轰隆隆的声响短暂地将蝉鸣声盖过。机车很快跑没了影，周昀模糊地记得那辆车有些像孔雀提过的款式。

她拿出手机，给孔雀发了条消息。

黑七分球："买到机车了？"

孔雀没有回，周昀闲得无聊，把两人的聊天记录从头翻到尾，她们聊得并不多，大部分内容都是孔雀在问伤口怎么样了，偶尔有点关于学校的吐槽，或是分享一下最近的心情。周昀很快看完记录，最后几条是昨天晚上，孔雀说她好高兴，但是问她为什么高兴的消息一直没有回。

她笑了笑，突然兴起，把孔雀的备注改成了"小摩托"。

孔雀直到八点才回消息。

禅与摩托车维修艺术："你看见我了？"

禅与摩托车维修艺术："帅不帅帅不帅帅不帅！"

兴奋一览无遗。

黑七分球：“没看清人，不过联系一下你昨晚说的心情好，就猜是你了。”

孔雀立刻回了一个配有“看笨蛋”三个字的猫猫表情包。

禅与摩托车维修艺术：“我昨天太高兴，手机没电又忘了充，聊着聊着人就没了。”

禅与摩托车维修艺术：“下次给你看！”

禅与摩托车维修艺术：“想放暑假，想出去旅行。”

黑七分球：“还有一个月。”

禅与摩托车维修艺术：“那我想近一点的，想吃食堂三楼的螺蛳粉。”

黑七分球：“这么说我也想了。”

禅与摩托车维修艺术：“学姐什么时候回学校啊？我还欠你一碗螺蛳粉呢。”

周昀想起近期还无法练习，于是心神一动，回复孔雀说随时都可以。

时间约在了周六，说好的是周昀找她，不过孔雀老早就爬了起来，在约好的校门口等人。周昀一向很有时间观念，比约好的时间提早了半小时到，就算这样，也比孔雀晚了十多分钟。

问候对方先问吃了没仿佛刻在了国人的 DNA 里，孔雀与周昀异口同声：“吃了没？”

双方都没有吃，但大中午吃螺蛳粉还是有些热辣了，因此两个人都默契地没有提名螺蛳粉，孔雀建议：“要不吃肠粉？”

周昀对吃的不挑嘴：“好。”

她们走入树荫中。学校的树布满了道路两旁，湛蓝的天上总是掉落点阳光在地面，孔雀踩着斑点蹦蹦跳跳，像童话里踩着金子的快乐小孩，连脚步都是雀跃的。

周昀被她的情绪感染了，一路上弯着嘴角没有放下来过。

孔雀突然停下脚步，两只脚完全站入一块光斑中，回过头朝周昀招手，新奇得像发现了新大陆：“学姐你看，这块可以完整地晒到太阳！”

她的发顶，她的睫毛，全部被镀上一层毛茸茸的金，站在阳光下招手时，整个人光灿灿的。周昀看向她，感觉心底某块地方松动出一条缝，有光照了进去。

“不怕晒吗？”她问。

“还好吧，没有到最晒的时候。”孔雀挠挠后脑勺。

周昀慢条斯理走向她，正准备开口说继续走吧，孔雀却忽然踮起脚凑近周昀的脸，盯着看了大概有三秒钟，然后眨眨眼，说着俏皮话：“学姐，你好白啊。”

周昀失笑：“你就是在看这个？”

孔雀放下脚，双手背在身后，做了个军训式转身动作：“我本来想看看学姐眼睛的，刚刚站得远，总觉得学姐眼珠好黑。”

“现在呢？”

“呃，没注意看，我刚刚踮起脚，只觉得学姐好白啊。”

“那再看一下？”

孔雀回过身，正好与周昀目光相对，猝不及防之下耳根就红透了，却还是故作镇定地点评道："嗯，果然很黑。"

周昀闷着声笑，没戳破她的假镇定。

孔雀说起社团："我刚开学的时候也有参加过社团，是机车社，进去了才发现他们就只是研究机车的构造。这直接导致我对所有的社团都失去兴趣了。"

周昀问出第二次见面后就一直想问的问题："为什么喜欢机车？"

"因为我想要自由，我想跑很多很多的地方，不同地方的风味都不一样，人情也不一样。比如东南沿海那一带，我喜欢那儿的海，海面明亮，有时候海风吹过来，能闻见风里夹杂着海鱼的气息。我在那儿住了一星期，民宿老板娘是个很热情的本地人，每天早上她都会送我一束花，有时候是太阳花，有时候是桔梗——那是我目前跑过最远的地方，来回全程两千多公里，总共用了一个月。我知道现在科技进步飞速，飞机高铁都是很快、很普遍的交通工具，但坐在里头，隔着厚重的金属去看外面的世界，真的能感受到自由吗？"

孔雀说起自由的时候眼睛忽闪忽闪，令周昀想起某部动漫中的一个角色，那个角色的退场她耿耿于怀很多年，在这个瞬间，她突然想起那句退场台词："我是风，自由的风。"

周昀本人话并不多，好在孔雀很健谈，她们聊到傍晚，中途遇见了台球社的学弟学妹，周昀被他们邀约一起去吃烧烤，不好推脱，只好指着孔雀，问学弟学妹们介不介意她带个小朋友。自然是没人介意的，于是孔雀也被纳为烧烤大队一员，一群人勾肩搭背横着站满了整条马路。

不知是谁说了一声今天的晚霞很像烟花，于是大家一起抬起头看晚霞，夕照下的影子定格了几秒，孔雀认出最后两个紧挨的影子是她和周昀的。

那天他们闹到很晚，摊子的烟火明明灭灭，偶尔有几声蛙叫从一旁小草丛中传出，男生女生们坐了满满当当三桌，人与人隔着桌子猜拳，每个人杯子里都装满了菠萝啤酒，杯壁上水珠一颗一颗凝起来又滑下去，在杯底下淌成小水圈。

周昀出去接了个电话，接完后她仰起头，看向天上的星星，只可惜城市的天太遥远，星星也隔着云层，遥遥不见。孔雀不知道什么时候出来的，等周昀回过神时她已经站在了自己身边。

周昀把手机放回口袋，问："要不要一起看烟花？"

孔雀没有拒绝："什么时候？"

"七月一号。"

5

但七月一号她们没能看成烟花。

六月上旬周昀收到了来自外省的联谊赛邀请函，这场联谊赛的赛程横跨小半个月，从七月一号到十号，不像是普通的联谊赛，更像是为了之后的全国锦标赛打基础。周昀打算看完烟花再去比赛，因此没告诉孔雀这件事，不是不想和对方分享，是她明白只要她说了，孔雀多半是会让她好好去比赛的。

周昀不想把选择权放在孔雀手中让她为难。

但六月中下旬的时候，学校的期末考时间排出来了，好巧不巧，唯一一场晚上的考试正好安排在七月一号。

孔雀直呼大晚上考试不合理，在微信和周昀抱怨了很久：“人不能至少不该，在看烟花和考试中被迫选择考试。”

她连着发了好几个捶桌子的表情包，隔着屏幕都能看出有多郁闷。周昀虽然有些遗憾，但更多的是舒了一口气，她劝慰着：“没关系，好好考，我们看下次的。”

禅与摩托车维修艺术：“可恶，我不想因为这种理由错过一场烟花啊！为什么要在晚上考试，是白天的时间不够多吗？”

黑七分球：“因为你白天也在考试。”

禅与摩托车维修艺术：“呃。”

话题短暂地结束了一会儿，周昀猜孔雀应该在屏幕那头越想越气，于是打开抽屉，将里头的邀请函拍给她看。

黑七分球：“正好我也收到了一个邀请，一个人叫错过，两个人应该叫什么？”

禅与摩托车维修艺术：“嘿嘿！”

微妙气氛总算缓和了，也没有人心里承担着没看成烟花的负罪感。孔雀把那张邀请函放大，看清了时长和地点。

禅与摩托车维修艺术：“去半个月？好久啊。”

黑七分球：“是有些久，等我回来你就放暑假了。”

禅与摩托车维修艺术：“好可惜。”

回家之前还想见你一次。话打在输入框里，犹豫半天也没发出去，孔雀默默删掉它们，把手机贴在胸口，躺在床上盯着天花板出神，心里想不通为什么想见周昀。

黑七分球："可惜什么？"

呼吸闪烁了一下，她双手举起手机，轻声将这句话读出来，片刻之后她收回一只手挠头，又翻转个身，勾起来两条腿晃啊晃。

禅与摩托车维修艺术："不知道。"

信息发出去一秒后，她想到了更好的理由，于是火速将这条消息撤回，发送新内容。

禅与摩托车维修艺术："因为我还欠你一碗螺蛳粉，这个学期不请就没机会了！"

黑七分球："那就下个学期请吧。"

撤回的那句学姐没看见吧，孔雀想。她坐起来盘着腿，嘟囔着："就是很可惜啊。"

可不可惜不好说，但七月份是真的来得很快。孔雀陷入令人疲惫的期末复习中，每天累到只和周昀说早安和晚安，而周昀也奔波在外地，周旋在人与人的交际网里，无暇回复她。

离校那天舍友约着出去玩，问孔雀要不要一起去，孔雀单手拖着行李箱，帅气和她们挥手："不了，我要回老家。"

孔雀的老家在比较偏僻的乡下，能直达的只有火车，时长是十一个小时。当天晚上她就上了火车，盘腿在卧铺上看了一小时电影后，她点开了和周昀的对话框。

禅与摩托车维修艺术："好无聊啊，我在火车上，不知道要做

什么。”

黑七分球：“火车上？吵不吵？”

禅与摩托车维修艺术：“还好吧，给你听听？”

黑七分球：“好啊。”

孔雀本想录段语音，录了两秒钟后突然福至心灵，她把录音删除，继而点开语音通话，小心翼翼拨过去。

对面很快接起来，双方先是沉默了几秒，而后周昀打破沉默：“还行，不算太吵。”

她的声音因疲惫显得有些懒散，孔雀本以为她很快会挂掉，没想到周昀并没有要结束的意思，反而主动找话题和她聊起来。孔雀旋即从背包里翻出耳机戴上，压着声音和她聊天。

火车上的夜出乎意料地来得比城市更早一些，晚上十一点不到，人们就躺回了自己的卧铺，偶尔有几声交谈，也随着电视剧音量的减小而渐弱，逐渐淹没在车厢的脚步声中。

孔雀戴着耳机趴在小桌子上看窗外绵延不绝的灯带。玻璃窗上有片细碎雾气，她伸出手，在上头画了朵烟花。

“Boom！”大概是嫌一朵烟花太过冷清，她轻轻发出一个气音来模拟烟花爆炸时的响声，这点声音并不大，只是夜深了四处都很静谧，气音被一丝不漏地收录进耳机中，引得耳机那头的人发出一声轻笑。

耳机贴着耳郭，传过来的一切声音都像本人在身边，周昀的笑声、呼吸声，全都清晰可闻。孔雀情不自禁地弯起眼睛，嘴角不知不觉跟着上扬，她大着胆子说俏皮话：“我们这样像不像闺蜜？”

那头很轻松地接过她的玩笑：“像，你得对我好点。”

“那再多请你一杯奶茶好了，”她看着玻璃窗上的烟花傻傻笑起来，“你还是要热的吗？”

“这个天气还喝热的，我在你心里到底多少岁了？”周昀觉得好笑的同时又感到匪夷所思，“我在此郑重声明，本人今年二十三岁，没有七老八十也没有与世隔绝。一杯不够，得两杯，要冰的。”

“你这叫……”孔雀有些困了，准备手脚并用爬回床铺上，起身时忘了自己身处下铺，脑壳与中层床铺硬碰硬，疼得她眼冒金星，倒吸一口凉气。

对面上铺的大妈原本昏昏欲睡，被突如其来的响声吓了个激灵，瞌睡虫不翼而飞，转过身背对着孔雀，不满地把电视剧音量调到最高：“吵什么吵！”

孔雀龇牙咧嘴地揉着脑袋，还不忘朝对方做了个鬼脸，无声地回了句：“就吵你！”

“撞头了？”周昀显然也听到了这一声，“疼不疼？”

“哪有不疼的！”孔雀气鼓鼓的，这一撞把她的困意撞没了一半，她躺下来，把头埋在枕头中，闷着嗓子撒娇，“学姐你多说几句话吧，我想听。”

两人各自放缓语气说话，声音也渐渐飘忽。女孩子发困的声音松松软软，周昀轻而易举想起了小学时买过的棉花糖，握在手中轻飘飘的没有半点分量，咬在口中却像咬下一口蓬松的阳光。

火车行驶过轨道，震出一个柔软的晚上。

6

蝉鸣、树荫、机车，孔雀的夏天由这三项构成，但周昀的夏天，只有枯燥无味的训练和永不停歇的空调。

隔着几百公里的距离，她们仿若平行时空的另一个自己——每天早晨几乎在同样的时间段出门，周昀出发去协会，孔雀戴好防具与头盔；城市车水马龙，人群川流不息，而乡间宽阔的大马路铺满树荫，只有机车发动机与排气筒的轰鸣声循环往复。

很少有人知道孔雀为什么喜欢重机车，一如很少有人问周昀你为什么选择打斯诺克。

不同的是周昀会说小时候耳濡目染，长大后就理所当然地选择了斯诺克。而孔雀的喜欢，需要再拆分得细致一点，细致到她与父亲的每次争吵。

在暑假过去大半后的某一天，那个每天从凌晨五点钟忙到晚上十二点钟的中年男人终于意识到女儿不在家很久了，他给自己的父母拨了个电话，问候完二老的身体状况后他让孔雀接电话。

两人不出意料地吵了一架，都是些老调重弹的内容，“我这是为你好”“你该懂事了”诸如此类的话术听得人反骨横生，孔雀阴沉着脸挂了电话，抄起钥匙头盔就往外走。

奶奶坐在走廊里剥豌豆，一边剥一边喊她：“雀雀，去干吗啊？记得早点回来吃晚饭啊。”

孔雀没有应声，走到门口怕老人家担心，还是点点头表示知道了。她上机车到拧钥匙的动作一气呵成，准备打火时却忽然停下来，她想起周昀，她无端地想见周昀。可这几百公里路程，山

✦

连着山水连着水，她过不去，周昀也过不来。她划开屏幕锁，对着周昀的聊天窗口打了半天字又删掉，始终想不出要说什么。

对方在她出神的时候先发了个问号过来。

黑七分球：“？”

黑七分球：“或许，你愿意给我一下你老家的地址吗？”

禅与摩托车维修艺术：“啊？怎么了？”

周昀发了个定位过来，上面显示的位置距离她这儿不过两小时路程，孔雀感到自己心跳漏了一拍。她把地址发过去，不停地问自己：周昀会过来吗？孔雀突然知道自己应该去哪儿，她打着火，带着轰轰声响朝车站赶去。在车站等了一个多小时，等到脑子里闪过很多次“周昀不过是顺口一问并不会过来”的念头后，她才终于在拥挤的出站口看见了周昀。

周昀也很快看见她，她实在太显眼，众多接人的车辆中只有这一辆黑色的重机车，她走近她。

孔雀没下车，抬起头问：“学姐，你怎么过来了？”

“替老周指导一下分会的成员，恰好想起来你老家好像在这附近。”她说完看见少女眼眶有些泛红，果不其然心情差得要命，她思索小半会，还是决定说出实情，“看见聊天框一直显示在输入，等了好久却没等来你的消息，我猜你心情不好，也许会想见我。”

孔雀仿佛被什么击中内心，和父亲吵架时她没有哭，在街道上不小心刮伤了周昀时她没有哭，但在她想见周昀时，周昀就这么出现在她面前，好似将她的倔强蚕食出一个缺口，委屈的情绪汹涌而出。她伸手抱住周昀，埋在对方怀里呜呜哭了个痛快。

周昀没觉得孔雀需要安慰，因此任由她扑在自己怀里发泄，将手搭在孔雀头上，笑着问："真想我了？"

"想了，"孔雀吸了下鼻子，声音瓮瓮的，"有纸巾吗？"

"有。"周昀从包里翻出纸巾递给她。

等孔雀恢复好状态已经是半个小时后的事情了，周昀在这期间一直保持着她不说自己就不问的心态，结果成功接收到孔雀的不高兴和撇嘴："你怎么不问我为什么哭？"

"我问了你会说吗？"

"你问了我就会说。"

"那好吧，"周昀拍拍机车后座，"这个位置我能不能坐？"

孔雀嘴角拉得更下了，把扣在后视镜上的头盔拿给周昀："坐吧，只有一个头盔，你戴吧。"

周昀接过来戴在她头上："保护未成年，人人有责。"

"我成年了，我都十九了！"

"好的小朋友，"周昀替她扣好帽带，低下头时发现护镜上有点污渍，她朝着护镜哈口气，用手抹掉了，"带我兜兜风吧，待会还要麻烦你再送我回来一趟。"

"今天就要回去？"孔雀调整好头盔，"不住一晚吗？可以住我家。"

最后那句话说得很小声，隔着厚重的头盔，孔雀猜想周昀肯定听不见。但周昀听见了，她曲起手指在头盔上弹了下："带人回家之前先问一问家里长辈同不同意。"

明明没有痛感，孔雀却还是下意识捂住了被弹的地方，她反驳着："爷爷奶奶不介意的。"

"不是介不介意，是礼貌。"

"好嘛，我问问。"

结果不出孔雀所料，老一辈向来好说话。回去的路上孔雀骑得很慢，不过毕竟车型速度摆在那里，再慢的速度也比一般摩托要快上许多。周昀只觉得风吹在脸上像被鞭子抽打，她反思了下自己的不解风情，再仰头感受风时好像有些明白什么叫自由。

空余的房间倒是有，只是很久没有人住，打扫起来有些费劲，为了避免老人家忙上忙下地收拾房间，两人主动提出了一起睡孔雀的房间即可。晚上熄灯熄得很早，空调温度又开得低，习惯城市作息的周昀睡不着，孔雀也没睡着，在床上翻来翻去，像三个月大的小猫，不得消停，周昀觉得有些好笑，问她："你平时睡觉也这样吗？"

"没有，"孔雀否认，她一个转身，正好与周昀面对面，眼神交汇只一瞬，孔雀扯过毯子蒙着头，瓮声瓮气地说，"我睡不着。"

"我也睡不着，"周昀想要拽下她的毯子，拽了两下没拽动，"来讲讲白天为什么那么委屈。"

孔雀不转了，她把毯子盖得更紧了："不讲，好矫情。"

"包袱还挺重。"

"学姐难道没包袱吗？"

"哦，那还是有的，比如我每次输球都会觉得，要不我把这副会长辞了回乡下种田吧。"

"说起来，学姐为什么年纪轻轻就是副会长了？"

“因为会长是我爸。”

“啊？”

“我接触台球比较早，前几年和我爸打，胜率就已经百分之七十了，不过他毕竟是我爸，让他喊我会长不大好。我说完了，该你了。”

“我又没有答应要说。”

“真不说？那我睡了。”

十分钟后孔雀往周昀的方向凑了凑：“学姐，你睡着了吗？”

床边上就是窗户，由于没有窗帘遮挡，月光就这样大大咧咧地投落在床上。周昀睡在靠窗的位置，孔雀面对着她，眼睛亮得好像盛满了月光。周昀以前就觉得孔雀的眼睛很亮，但没想到能明亮到这个程度。

她在心里叹了一口气：“说吧，别憋着了。”

这几年堆在胸口的心事终于有了倾泻地，孔雀的声音沙沙的，听起来像风吹过稻田。虽然讲得断断续续的，却也足以让周昀拼凑出一个完整的故事。

孔雀的父母在她初中时离婚，只和父亲生活并没有改变她的性格，甚至在父亲时常忙碌不回家后，她反而变得更开朗。她会在假期去不同的地方来打发时间，但和人交流始终隔着一段距离，无法深入。高中时沉重的学习压力让人喘不过气，孔雀没有多余的时间外出，她向父亲许愿要一辆机车，好发泄自己的压力。无法陪伴孩子的父母总是习惯用金钱去补偿孩子，机车买回来的当天孔雀骑着它在大街上跑了一小时，激烈的风吹掉了她的烦恼。

她感到快乐，尽管这快乐是短暂的，但这一刻她融在风里，成为一阵风。

最后孔雀说道："我不想和我爸吵架了，好累啊。我能理解他没有时间陪我，也明白他的生意最后还是得交到我手上，可他为什么不能理解，我只是想快乐地念完大学呢？毕业之后该我接手的我还是会接手，但在这之前，也要让我有段快乐过的时光吧。"

周昀听完沉默了一会儿，她问："你有没有和你爸说过这些？"

"没，他都常常不在家，我去哪儿说去。"

周昀从枕头下摸出手机看时间，现在是晚上十点四十八，按照孔雀父亲的作息这个点应该还没睡，她开口说："小摩托。"

"小摩托是什么鬼啊！"孔雀抗议着。

"这不重要，你如果真的不想和他吵，就给他打个电话，明明白白地把刚才那些话告诉他。"

"我才不要。"孔雀立刻翻个身背对着周昀。

周昀没说话，只是把手机重新塞回了枕头下。孔雀自己想了会儿，又小心翼翼地问周昀："学姐，你生气了吗？"

"我为什么要生气？"周昀反问她。

"因为我不肯给我爸打电话。"

"逃避是人的本能，我没有生气，你自己能想通就好。"

"学姐。"

"嗯？"

"你好冷漠啊。"

"睡了。"

周昀的造访在冗长的夏季中只能算一个小插曲，她离去后孔雀的夏天还是要继续。唯一变化的是她们的日常中忽然多出了一点属于对方的元素：周昀手肘上消不去的疤，孔雀心里一直记着的拥抱。

7

暑假看似很长，过起来却很短。

孔雀花了半个月重新适应上课的作息，每天早上和周昀说得最多的一句话就是“学姐我好困啊”。周昀打趣说学校有黑暗魔法，会让人每天都昏昏沉沉的。孔雀一边打瞌睡，一边回消息说是啊是啊，消息发出去就变成了乱码，也只有周昀能看明白是什么意思。

心中有了念想，日子过得也快，九月到十月不过是弹指之间。

孔雀虽然从没有去河边看过烟花，却也知道放烟花那天，公交和地铁都是水泄不通，她提前找程南借了小电驴，又和周昀说好要去接她。

七点整，孔雀在周昀家楼下等她，周昀以为孔雀会坐地铁过来，因此在楼下看见她骑着小电驴的时候忍不住笑起来：“你的机车呢？”

孔雀嘿嘿两声：“城区不让骑，所以只能骑小电驴了。”

周昀：“其实小电驴也不让载人的，抓到一次罚款50元。”

孔雀有些傻眼：“啊？”

周昀坐上后座：“看烟花要紧，走吧，抓到我给你报销。”

周昀家离河边并不太远，按照往日的速度，一个小时怎么都能到，但放烟花这一天的河边就是不同于往日的。车流和人群不说，就连行道树都成了障碍物。

十五分钟过去，她们不过挪动了两千米。

孔雀有些急了，越是赶时间越容易遇到意外拖时间，她在转角处看见了交警，心里咯噔了好几下。她默念着看不见我看不见我，想要混在人群中溜过去，谁知这一带的交警早就练出了火眼金睛，立刻就把她们拦了下来。

小电驴被放在行道树下，两人站在交警面前挨训，交警不赶时间，他慢吞吞地写着罚单，慢吞吞地教育着孔雀和周昀。孔雀看了眼时间，急得快要哭了。

突然有只手抓住了她的手，她下意识要抽出，却感觉到那股力道又大了一些，她困惑地看着周昀，却见对方无声说了个“嘘”，然后趁着交警撕罚单的时候，一把抢过并拉着孔雀狂奔了起来！

交警后知后觉反应过来，气得在原地跳脚：“喂！喂！那两个女孩子，车不要了是不是！”

周昀的声音被挤在人群里：“回来再拿——”

七点三十五，人群似乎再难进分毫，周昀紧紧握着孔雀的手，她们气喘吁吁地挤在人群中，像两只迁居的蚂蚁般不肯放弃。在这摩肩接踵的人群中，车流已经被彻底定格，自行车的叮当声越发遥远。周边人声鼎沸，大到“你踩到我了”的尖叫，小到“我晚上吃了糖油粑粑”的私语，孔雀听得一清二楚。

她还感受到——

有人悄悄在人群里说着我喜欢你的情话；有人胸膛里的心脏

怦怦跳得厉害；有人捂着脸泣不成声；有人的长发落在她肩上，徒留一阵柔软。不知从哪方来的风捎来了初秋的气息，孔雀跟着周昀的脚步，觉得心里柔软得像方才那缕长发。

七点五十五分，她们所在的地方已经能隐隐约约看见烟花，但位置还不够靠前，周昀拉着她继续往前走，这一小段路几乎没有人看手机，所有人都在等烟花的绽放。孔雀往后看了一眼，后方密密麻麻的人群望不见边际，能看见的只有攒动的人头，大约走了五分钟，孔雀在心里倒数计时，天空突然响起声音。

她听见周昀喊她："小摩托，抬头看。"

八点整，第一朵烟花跃上了夜幕，紧接着是第二朵、第三朵……

在很多时候孔雀都觉得烟花不过是小孩子贪新鲜的玩意，她没有看过河边的烟花，自然也没有想过烟花绽放时会有多震撼。而如今她的手还被周昀牢牢握着，像个被牵着的小孩，突然间也贪新鲜，爱上了烟花。她轻轻拉了下手，像是问周昀也像是问自己："明年我们还一起看烟花吗？"

之后二十分钟内烟花声此起彼伏，一声大过一声，周昀似乎没有听见她的问话，只是紧了紧两人交握的手作为回应。

在最后一朵烟花谢幕的时候，世界仿佛被消音了片刻，孔雀还仰着头等那一点火星消失不见，周昀却在这个时候低下头，轻声说："好啊。"

MISS
&
MISS

…… …… ……

等她醒过来，一定要告诉桑栀——

夸她演技没那么糟是她今年听过的，最叫她开心的话语。

…… …… ……

MISS

沉稳细心的
贴身保镖
×
灵动绝美的
女明星

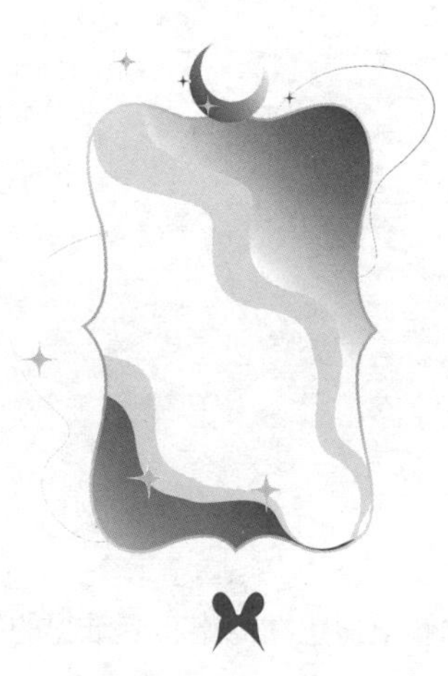

贴身保护

CLOSE PROTECTION

贴身保护

CLOSE PROTECTION

文 / 梦 迢 迢　　拖延症晚期，小甜饼爱好者和生产机

1

接到电话的时候桑栀正在海南享受难得的假期，阳光明媚沙滩平缓，椰汁清甜虾蟹鲜美，海上有人冲浪、有人戏水，都是独属于夏季海边的风景。局里的前辈在电话里说："十万火急的任务，还要保密，难度极大，我们整个支队只有你能做。"

桑栀虽然留恋假期，但作为人民警察，有任务她也义不容辞，于是当天就踏上了返程的飞机。次日，一辆黑色宾利过来接他们，桑栀扭头看了下师父，对方竖起拇指说："有钱人。"

"到底什么任务？"从昨天到现在这么久，也没人跟她说清楚。

师父还在卖关子："到了就知道了。"

宾利开进一个豪华小区，停在一幢别墅前，小花园里种着一

从丛栀子花，白色的花瓣裹着黄色的花蕊，香气扑鼻，师父说："喔，跟你还挺有缘。"

桑栀翻了个白眼，没搭话茬。没过一会儿，一个中年妇女来开门，满脸笑容地把他们迎进去，招待他们在沙发上坐下："陶小姐刚刚起来，马上就下来，两位想喝点什么，茶还是饮料？"

桑栀就职以来还是第一次见到这个架势，凑到师父耳边问："谁啊，那么大架子？"

师父道："你看到就知道了。"

桑栀不满地盯着师父，对方终于开口："记得去年那个 7·23 案件吗？"

桑栀道："记得，恶性杀人案件，凶手作案手法极其残忍。上头怀疑和五年前的另一个案子有关，正在顺着连环杀人案的方向查，对吧？"

"你说的没错，"师父点头，"这位陶小姐，最近遭到了跟踪和威胁，我们怀疑跟 7·23 案件的凶手有关。"

桑栀立刻打起精神，这可不是小事，是个大案子。

师父从包里拿出一份影印文件递给桑栀，她翻了下，第一页是一张 A4 纸，上面是用从各种报纸杂志上剪下来的文字贴成的一句话——

你的美丽值得流传下来，我会来取你美丽的头颅。

这么一看，确实像 7·23 案。

对方会留下死亡通知书，还是用一种非常复古的方式。

但陶小姐是谁？听起来还很年轻，但又在如此昂贵的小区拥有这样一栋别墅，想来非富即贵，不是简单人。

师父喝了乌龙茶，突然捂住肚子，跟阿姨说要上厕所，阿姨连忙带他过去。两人走了没多久，楼梯上传来脚步声，桑栀抬头望去，先看到了一双笔直莹白的小腿，被包裹在浓绿色的真丝长裙里，摇曳生姿。随后是来人修长纤细的手臂，轻柔地搭在红木扶梯上，指甲上涂着鲜红的甲油，更衬得手指纤长，如葱段一般。

最后才是脸。

略显苍白的脸颊上描着一对远山般淡而长的眉毛，嵌着一双水光潋滟的桃花眼，五官的构造比起寻常东亚人的看着更立体。薄唇没什么血色，如此方稍稍压住了她精致到慑人的五官，叫人不至于觉得这是个 AI 捏出来的假人。

桑栀忍不住直起背来，心想这人漂亮也就算了，怎么还有点眼熟，这太不合理了。

对方缓步向她走来，停到跟前，伸出手来："陶奚苒。"

桑栀呆了两秒，才意识到这是自我介绍，原来眼前这人就是师父和阿姨口中的陶小姐。

她伸出双手握住，说："您好，我是桑栀，来自 A 市刑警支队。"

对方微笑，笑容像一阵清风似的，一下子吹到了桑栀的心里，叫她觉得又暖又绵，对方轻柔开口："只有你一个人？"

话说到这，师父和阿姨过来了，师父连忙拿出文件，说："你的情况我们局里商议过了，为了保障你的人身安全并及时拿到第一手消息，我们决定派出目前局里最好的女警，来贴身保护你。"

桑栀闻言震惊回头，用口型说："我怎么不知道？"

师父拍拍她的肩膀：“就交给你了，小桑。”

桑栀突然明白过来，怪不得来之前不告诉她具体任务，敢情是怕她不愿意。

她一脸蒙，可是陶奚苒闻言走到她面前，双手交叉，一脸期待地看着她说：“就是您吗？真了不起，看起来很年轻却格外有安全感呢，我这几天害怕得睡不着觉，有你在肯定没问题了。”被这样一双像是画出来的眼睛真挚地凝视，桑栀实在说不出拒绝的话来。

于是等桑栀回过神来，师父已经脚底抹油走人了，阿姨也结束工作回房休息了，只剩她站在原地，和陶奚苒面面相觑。

2

既然工作已经落在头上，那肯定只能好好做了。

了解情况之后，桑栀立刻行动起来。第一步就是确保这栋别墅是安全的。她四处翻看，检查是否有摄像头和窃听器一类的存在，走到厨房的时候她突然听见猫叫，随即看见一只狸花猫站在案台上，对着她龇牙咧嘴。

陶奚苒立马过来，熟练地将这只猫抱进怀里：“栗子，别害怕，桑警官是好人。”桑栀这时发现这只狸花猫只有左眼，右眼的位置只剩一条缝，被皮毛覆盖。

大约是注意到桑栀的眼神，陶奚苒温声道：“栗子是我去年拍戏的时候在剧组捡到的，当时它没了一只眼睛，奄奄一息，我看不下去就抱回来了。它那时的情况差到连收养机构都不收，我只好自己养着，没想到它很坚强，居然撑过来了。”

说到这里，陶奚苒不自觉露出笑容，弯起的眉眼疏散了过分精致的五官带来的疏离感，让人觉得她其实是温暖而可以接近的。

桑栀敏锐地攫取到关键词，惊讶道：“剧组？你是演员吗？”

陶奚苒看起来比她更惊讶，脱口而出：“你不认识我？”

这么说完，她又掩嘴像是不好意思道：“也不是觉得你一定要认识我，只是……我还算小有名气吧。”

桑栀也有点不好意思：“我平时不太关注娱乐圈。”

陶奚苒问：“那桑警官平时喜欢做什么？”

桑栀道:“打球吧,网球、篮球什么的都打。对了,还喜欢游泳。”

陶奚苒道：“我也喜欢游泳，有机会可以一起。”

简单几句话聊下来，两人似乎熟悉了许多，桑栀确定自己并不算一个能很快与人熟络起来的人，想来也只能是因为陶小姐太过于亲切温柔。

上到二楼检查的时候，桑栀拿出手机来搜索了一下陶奚苒的名字，她终于明白自己的眼熟来自哪里了。对方是个大明星，无论是街边广告还是商场荧幕，随处可见她的身影。自己没有在第一时间认出来，已经可以纳入“盲人”的范畴。

再望向对方的背影时，桑栀更觉得刮目相看，如此有名有钱的一位女明星，对自己却一点架子都没有，由此可见她是多么人美心善。这样一个人居然有人对她发出死亡威胁，真是叫人觉得不可饶恕。

二楼有书房、客房以及卧室，桑栀检查完卧室和客房，走进书房就看见两个大书柜，一个放着各类书籍，另一个则放着各种奖杯。这种地方最容易藏着什么，桑栀决心仔细检查。

一不留神她似乎撞到什么，一只水晶奖杯从书架上掉下来，桑栀心里一惊，连忙伸手去接，不过还是晚了一步，眼看着奖杯掉在地上，摔成两截。

她顿时慌了神，抬头望向陶奚苒，却也只能说一句："对不起，我不是故意的。"

她紧张得心跳加速，觉得自己着实是个罪人。

要是她的奖杯被摔断，怎么着也得发一场大火——虽然她绝对没有那么多奖杯。

但是倚在门框上看着她的陶奚苒却突然笑了，反而走过来拉起她的手仔细查看，说："没有受伤吧。"

桑栀羞愧低头："没有受伤，我没接住它。"

陶奚苒垂眸看了眼奖杯，嘴角笑容若有似无："没关系的，这个奖杯……"

她弯腰捡起来，将正面的字展示给桑栀看，那半截上只剩两个字——"扫帚"。

陶奚苒道："这是水晶扫帚奖的奖杯，你不关注娱乐圈，可能不知道这个奖，它每年会评选出演技最烂的演员，我就是去年的获奖人。"

桑栀不可置信："那这个奖不是侮辱人吗？"

陶奚苒惊讶地看着桑栀，似乎没想到她会说出这样的话来，但很快又轻笑道："不是的，这是对我们演技不好的演员的激励，希望我们再接再厉。"

她捡起奖杯的残骸，拉开一边桌子的抽屉，扔了进去。

这么做完后，她重新交握起双手，微微歪头看着桑栀，说："桑警官，检查好了吗？要不要去吃午饭？"

3

相处到第三天的时候，桑栀已经完全变成陶奚苒的粉丝。

她刷微博的时候看见有粉丝在发陶奚苒的活动照片，配上文案——

【幸得识卿桃花面，从此阡陌多暖春。盈盈红袖谁家女，姿容绝色性端方。】

桑栀给这条微博点了赞，心想这些粉丝还真没粉错人，至少这两天她看下来，陶奚苒完全称得上是"优质偶像"。

对方工作认真负责不说，对工作人员也是谦逊有礼——桑栀亲眼看见一个工作人员没拿稳道具，那把巨大的遮阳伞直接撞到了陶奚苒身上，她却一点也没生气，反而先去问对方有没有事。这种气量，就算不是明星，也能称得上是一个好人。

因为受到死亡威胁，陶奚苒已经推了很多工作，但是有些之前定下的工作关系到整个节目组的进度，陶奚苒不好意思拖累别人的行程，选择坚持过来参加。

总的来说，工作量少了很多，陶奚苒还是很开心的。

这天下午提早结束了工作，她卸妆的时候问桑栀："下午要不要去游泳？”

桑栀犹豫：“啊，不好吧，我现在算是在工作……”

陶奚苒“哦”了一声，没勉强桑栀，但是她显然已经做好决定，回到家之后立刻去房间换泳衣，桑栀在浴室外面等着她。

没几分钟，浴室里面突然传来一声惊叫，桑栀连忙推门进去，看见陶奚苒跳到了马桶上，颤声道：“有有有蟑螂。”

对方换了一件高开衩的黑色泳衣，丝缎般的质感包裹着纤细窈窕的躯体，仿佛是美神维纳斯降临。但是如今这位维纳斯正狼狈地在马桶盖上跺脚，紧张地把浴巾抱在怀里。

桑栀扑哧一声笑了出来，说：“在哪？我帮你找找。”

蟑螂自然已经逃得不见踪影，桑栀找了一圈没找到，仰头看着陶奚苒，道：“下来吧，还是说，需要我把你扶下来？”

陶奚苒不好意思地走下马桶，颇有些尴尬，干咳了一声往外走，走到门口，她扭过头望向桑栀，脸颊连带着耳朵都一片通红：“不、不准说出去！”

桑栀点了点头，陶奚苒连忙换了个话题：“真的不游泳吗？”

桑栀道：“不用，我在边上为你放哨就行。”

陶奚苒笑了：“我每周都要运动一下，保持形体。”

桑栀听了这话，忍不住打量了一下陶奚苒，对方的泳衣在腰部挖空，露出若隐若现的马甲线，虽然身材纤瘦，但行动间仍能隐约看出流线型的肌肉线条，显得优美而矫健，像是即将振翅而去的飞鸟。

不过虽然是鸟，也怕蟑螂。

陶奚苒下了水，桑栀站在泳池边上的阳伞下，虽然没直接晒太阳，但这样的室外温度下，她又穿着黑色西装套装，难免出了一身汗。陶奚苒游了两圈回来，趴在泳池边，又问桑栀："真的不下来吗？看你这样，我都有些不好意思。"

桑栀道："我要保持最佳状态，万一此时有不法分子进来呢，我得随时做好准备。"

陶奚苒闻言一本正经地点头："也没错，要是穿着泳衣和歹徒搏斗，看起来就会有些尴尬。"

桑栀想到这个画面，忍不住脸红，道："你说什么呢。"

陶奚苒眯着一双笑眼看向她："难道我说得不对？"

桑栀："也……也不是说不对。"但是总感觉有哪里怪怪的。

她解释不出来，只露出为难的表情，陶奚苒看到后笑得更灿烂了。但下一秒，笑容突然从陶奚苒脸上消失，她皱起眉头，痛苦地闷哼了一声。

桑栀连忙蹲下拉住她，说："你怎么了？"

桑栀一蹲下，陶奚苒就收起脸上痛苦的神情，换上一个得逞的笑容，双手按住桑栀的肩膀想把人往水池中拉，没想到桑栀纹丝不动，反而瞪大眼睛惊讶地看着她，说："你不抽筋了吗？"

陶奚苒泄了气："你下盘真稳，一般人这样蹲着，都会失去重心被拉下来。"

桑栀这才意识到陶奚苒是故意的，不过应该是在和她开玩笑。

陶奚苒正要松开手往水下沉，桑栀犹豫了一下，顺着对方附在自己手臂上的力道，放松身体失去重心，落到了泳池里。

4

过了一天，陶奚苒想到桑栀落到水里时仍皱着眉头一本正经的表情，还是很想笑。

从水里上来后，桑栀换上了陶奚苒的衣服，她显然不知道这些衣服价值几何，穿上后只是不习惯地拉了拉下摆，说衬衫有些太短，裤子又不够宽松。陶奚苒上下打量，发现桑警官腰细腿长，自己的裤子对她来说都有些太短，就算进娱乐圈做个模特，也完全可以。

她突然想起第一天警方来搜证的时候，那位四十多岁的男警官叫她不要害怕，回头会让他们队里的警花来保护她。如今看来，警花的头衔确实名不虚传。

想到这，她露出若有似无的笑容，媒体连忙抓拍，闪光灯在周边闪成一片，媒体冲她招手，说："苒苒，看这边。"

这次的活动需要面对众多媒体，再让桑栀贴身跟着就有些不太合适，于是两人商量好，陶奚苒在舞台上的时候桑栀在台下盯着，下台后就去化妆间等她。

只离开桑栀一会儿，陶奚苒就有点没有安全感，她强撑着笑容回答完了主持人的问题，知道可以下台后，立马松了口气。

她从安全通道离开，正巧路过卫生间，便想着先上个卫生间也来得及，就让助理在外面等着，自己进去了。但出来的时候，却发现等在门口不是助理，而是个陌生的男人。对方极胖，以至于脖子上的肉都挤在一起，穿着一件印有她粉丝名"桃之夭夭"四个字的周边T恤，正一脸兴奋地看着她。

“苒苒，我、我一直很想这样近距离看看你。”对方喘着粗气，兴奋到声音嘶哑。

陶奚苒想起了警方给她看的那些照片，又想起一周前收到的那封恐吓信，信纸上除了文字还有一颗用墨水画上去的鲜红心脏，看起来和眼前人T恤上的那颗被汗水浸湿后更显鲜红的桃子别无二致。陶奚苒缓缓后退，手脚冰凉，觉得自己的心跳都要停摆了。

是他吗？

只是离开桑栀这么一小会儿，她就碰到那个杀人狂了吗？

陶奚苒这才知道，人太过于恐惧时，嗓子就像是被无形的手掐住了，连尖叫都难以出口，只能发出短促的气音。

对方不断靠近，想用手抓她，陶奚苒跌倒在墙角，缩成一团，闭上眼睛。

但是想象中被男人那满是汗水的双手抓住的黏腻感觉并没有出现，陶奚苒只听见一阵破风声传来，随后便是男人的惨叫。

她偷偷睁开眼睛，看见男人跪倒在地上，桑栀踩着对方的屁股，将他的双手在后背铐了起来。

陶奚苒的心脏怦怦直跳，仿佛比刚才的危急时刻，跳得更快了一些。

5

男人被控制起来。

两天后调查结果出炉，对方并不是那个连环变态杀人魔，只是一个过分狂热的粉丝。

活动举行的前一天晚上，对方就躲在男厕所里。那天陶奚苒进厕所后，对方打晕了她的助理，并将人拖到男厕所，然后堵住了陶奚苒。

那男人最终以故意伤害罪被起诉，陶奚苒为了感谢桑栀，说要下厨给她露一手。

做饭的时候她仍情不自禁说起当天的事：“吓死了，我真的吓死了，要不是你刚好过来，我都不敢想会发生什么了。”

桑栀被连夸了两天，十分不好意思：“其实没什么可说的，保护你是我的任务啊，你一直没回来，我当然要过去接你。”

她甚至还有些自责，认为要是自己检查再仔细些，陶奚苒都不用遭受这样的惊吓。

桑栀一边反思一边点头：“这确实是个盲点，以后我不能因为不好意思就不去检查男厕所。”

她抬头望向陶奚苒，对方正在处理大虾，她用刀划开透明的虾背，再熟练地挑出虾线，随后用刀背拍碎大蒜，起锅烧油。

“你居然这么会做菜。”桑栀感到吃惊。

陶奚苒道：“吃了你更震惊，我当明星以前的梦想，其实是做一个厨子哦。”

陶奚苒手脚麻利地处理好各种食材，很快案台上就摆好了三盘菜肴，一盘蒜蓉大虾，一盘可乐鸡翅，一盘山药炒芦笋。此时锅里的玉米排骨汤也散发出诱人香气，桑栀赶紧站起来，准备帮忙端菜。

陶奚苒抬手制止她：“快坐好，你是我的救命恩人，这种小事你可不能动手。”

桑栀道：“不算是救命恩人，那人不会伤你性命的。”

陶奚苒抬头看她：“可是那个杀人魔会吧，你在我身边，不就是为了抓住他吗？”

可能是因为碰了油烟，对方向来素白的面孔上飞上了一片红霞，鼻尖和额头微微发亮，几缕碎发从额头上挂下来，扫到了鼻尖，陶奚苒吹口气，把它吹到了一边。

这样子的陶奚苒看起来比先前大明星的样子更加平易近人，让桑栀觉得眼前人不再像高岭之花一样如隔云端。

陶奚苒把菜端上桌，又拿来筷子递到桑栀手上，一脸期待地说：“你尝一尝。”

桑栀拿起筷子尝了一口，立刻惊叹不已，说：“你果然能当大厨。”

陶奚苒笑了起来，这次不是面对媒体镜头时的职业假笑，她笑得鼻子上都皱起笑纹，并不漂亮，但出自她的真心。

6

时间如水一般地过去，不知不觉，桑栀已经保护陶奚苒快要一个月了。

自从狂热粉丝事件发生后，一切都风平浪静起来，陶奚苒的公司不愿意继续闲置这样一棵摇钱树，开始替她安排新的工作。警局那边也说，要是杀人魔不出现，桑栀一直待在陶奚苒身边也不是办法，还是回来算了。

师父在电话里向桑栀道歉："现在想想，让你贴身保护被害人这个决定还是草率了，搞得你一个月没回家，我向局里给你申请奖金，你不要委屈。"

桑栀低声道："我不委屈，挺开心的。"

师父道："别强撑着，要不你明天就回来吧，讲讲这个月有什么发现。"

桑栀偷偷看了眼房间里的陶奚苒，对方明天就要坐飞机去外地录制综艺节目，正在认真背节目流程。

桑栀道："我想回家看看爸妈，然后去队里报告一下工作，之后还是继续保护她吧。"

师父惊讶道："看来你真的挺开心。"

桑栀忍不住露出笑容。

陶奚苒看起来做什么都胸有成竹，一副漫不经心的样子，实际上做什么事都很认真。

她的胆子还很小，怕蟑螂怕老鼠，怕黑也怕做噩梦。碰到私生粉之后很长一段时间，陶奚苒都要和桑栀睡在一个房间，说要是没有桑栀在身边，根本睡不着，睡着了也会做噩梦。

桑栀就在边上等着陶奚苒睡去，等到纤长的睫毛像蝶翅一般扇动，便是进入梦乡了。这时候桑栀就可以放心地到房间的另一张床上去睡觉。

想到这样的生活终将结束，桑栀还有些舍不得，她想如果陶奚苒是她的室友，她愿意一辈子这样生活下去。

陶奚苒听到桑栀要暂时离开的时候，微微愣了一下，但很快便在脸上堆起笑容，说："真是辛苦你了，为了保护我，都没有自己的时间了。"

桑栀盯着她的脸："在我面前，如果不开心可以不用笑的。"她看得出来，这不是陶奚苒出自真心的笑容。陶奚苒真心笑的时候，鼻子和眼睛都会皱起来，看着就像一只小狐狸。

陶奚苒闻言，笑容淡去，她看着桑栀，心中莫名复杂。

她和经纪人已经合作八年，助理也跟了她三年，可桑栀是第一个发现，她并不是真心笑着的人。

她收起笑容，只认真看着桑栀，说："我等你回来继续保护我。"

桑栀先回了一趟警局，简单说明情况后，上司给她放了假，让她记得写份述职报告。晚上回家吃了顿饭，父母看见她便问，这一个月都做了什么。

她回想这一个月的事，脑海中难免又浮现出陶奚苒的身影，此时电视上放起广告，正好出现了陶奚苒的面孔。

桑栀看着电视，说："就……有一点任务。"

父亲盯着她，一脸狐疑："什么任务能让你做得这么开心？一边想还要一边笑啊。"

桑栀表情一僵，摸了摸脸，果然发现自己嘴角上翘，整个面部肌肉走向都是上扬的趋势，于是干咳两声低头吃饭，不说话了。

晚上久违地在自己的房间睡了一觉，居然有些睡不着，桑栀点开陶奚苒的微博，发现对方十分钟前刚发了一条，是一张抱着猫的自拍，文案是——**【@陶奚苒：一个人的夜晚，幸好还有小猫**

陪着我。】

桑栀在床上翻了个身，又忍不住笑起来，往下滑，看见已经有上千条评论，她莫名有些怅然，心想，对方果然是大明星呢。

7

飞机起航。

好不容易有一个月没有到处飞，陶奚苒在飞机升空的时候，都感觉到有些不习惯。

耳膜很快鼓胀，让周围的声音变得模糊，像是被笼罩在玻璃罐中，陶奚苒想着接下来的工作，缓缓闭上眼睛。

大脑情不自禁地想着一些事，大部分和桑栀有关。

昨天晚上她才发现自己没有桑栀的联系方式，想来想去发了条微博，想着如果桑栀看到了，可以给自己发私信，结果私信里没有一个看着像她。

那就只能等到下次她来保护自己了，等到这次回来，应该就可以了吧？

飞行趋于平稳，陶奚苒也昏昏欲睡，半梦半醒间她突然有个感觉，那就是周围好像太安静了一些。

通常这个点的时候，应该有空姐过来问她需不需要进餐，就算没有过来，也会在舱内走动，提醒陶奚苒她的存在。

但是此时，除了发动机的声音，周围一片寂静。

陶奚苒睁开眼睛，推起小桌板解开安全带，飞机飞在平流层，窗户外面可以看见丝带一样狭长的云，手边是她看了一半的杂志，这代表着她仍然在飞机上没有离开。

陶奚苒抬手打算按下服务铃的那一刻，身后突然有人抓住了她的手，她心头一跳，因为这只手黝黑粗糙，冰凉到不似活人，不是她身边任何人的手。

她的呼吸停滞了，听见一个声音像蛇一样在耳边嘶嘶响起："你果然如初见时一般美丽。"

陶奚苒张口想要尖叫，后腰突然感受到一阵刺痛，似乎被扎进了什么。很快她便失去力气手脚发软，整个人瘫倒在地上，她想要发出声音，喉咙却仿佛不属于自己，只能发出嗬嗬的奇怪声响。

救命。

就算对方不说，陶奚苒也一下子明白过来，这一定是那个人。

那人蹲在她的面前，长着一张蜡黄干枯得像是被抽干了水分一般的脸，脸上深深的纹路像是龟裂的黄土，笑起来像是一只蜥蜴，嘴咧到耳根。

"太美了，你真的太美了，在我的所有作品里，你也是最美的。不，不对，和你相比，她们简直不配做我的作品了。"

陶奚苒费尽力气，终于从喉咙里挤出几个字来："为……什……么……"

对方拿出一只漆黑的箱包，箱包打开，里面是藏着的刀具，闪着慑人的寒光。他拿出一把尖刀，似乎有些不满，摇头道："我要用更细的刀。"

他用布擦着小刀，大概是因为开心，哼起歌来，没哼几句，突然垮了脸，变得不高兴起来："你说为什么，你居然问我为什么，这不是很简单的道理吗？你那么美丽，而永远保持年轻美丽的办法，就是……”

他又笑了，举起刀来，说：“你笑一下，不疼的，你还是笑的样子最美。”

陶奚苒的目光偏移，从对方的脸上，落到了他身后。

桑栀正面无表情地举起手肘，狠狠地砸在了那人的后脖颈上，对方闷哼一声，立刻倒在了地上。

桑栀恶狠狠道：“别给我胡说八道，你个变态，她会永远美丽，美丽不分年龄。”

仿佛仍嫌不够，桑栀又狠狠捶了几下对方的脑袋，然后用手铐将他铐了起来。

陶奚苒眨巴了一下眼睛，在眼中积蓄已久的泪水终于还是没忍住，顺着脸颊滑落下来。

8

“所以你没走。”也不知过了多久，麻药的作用褪去，陶奚苒终于开口说话，只是声音仍有气无力。

桑栀紧紧握着她的手——因为她记得陶奚苒做噩梦睡不着的时候，就希望自己陪在她身边。

“我昨天晚上看到你的微博，突然想，他一直没有出现，是不是因为知道我在你身边保护你呢？那么当他知道你是一个人，就很有可能准备出手，只是我没想到他胆子这么大，居然在飞机上就……”

“你怎么不提醒我，”陶奚苒脑子迷迷糊糊的，说到一半自己想起来，“哦对，你没有我的号码，这次记得存一下。”

桑栀于是说：“对不起。”

陶奚苒忍不住想笑，因为没有力气，只笑出一阵气音，轻声道：“你说什么对不起呢，我谢你还来不及。”

“你别害怕，他已经被抓起来了，以后没人可以伤害你了。”

陶奚苒觉得鼻头发酸，有点想哭，可看着桑栀一脸紧张，似乎担心自己下一秒就要哭出来的样子，她又觉得好笑，说：“其实我的胆子没那么小，以前有些事……我是骗你的。”

桑栀惊讶：“真的吗，你不怕蟑螂吗？”

陶奚苒：“蟑螂还是有点怕吧。不过，比如说那个奖杯，你是不是一直以为是你不小心撞倒的？其实啊，那个奖杯就放在特别靠边的位置，我一直期待着哪天阿姨或者栗子能把它撞掉的。结果没想到他们一直没有，反而是你一来，就把它摔碎了。

“我当时特别开心，其实我知道自己演技不行，也尽量不去演主要角色了，可是看见网友骂我，我还是会有点不开心的。但是，那个奖杯就一直在提醒我——‘陶奚苒，你演技烂死了！’我看见它摔碎，心里开心得要命呢。”

桑栀也看到过网上黑粉发的东西，她本来以为陶奚苒是没有看到，没想到对方是装作没看到。

陶奚苒又说：“还有，其实……其实我也没那么容易做噩梦啦，只是想要你看着我睡着而已。已经很久很久，没有人能这样陪着我了。”

说到这里，经历了这样一场惊心动魄的陶奚苒开始犯困，她靠在桑栀的肩膀上，几乎要睡过去，迷迷糊糊之中听到桑栀说："那你的演技也没有他们说得那么糟吧，反正我没有看出来。"

陶奚苒在睡梦中露出笑容。

等她醒过来，一定要告诉桑栀——夸她演技没那么糟是她今年听过的，最叫她开心的话。

『她和她，此时此刻，
正站在槲寄生下。』

The way we are

MISS

MISS

天真单纯的
刁蛮学姐

×

撩人直率的
脱口秀博主

放鹤归海

The way we are

放鹤归海

The way we are

文 / 帘 重

观星客，爱霓虹爱波光爱花园

1

知道陈卿有了新欢，鹤鹤出奇地冷静平和。

陈卿当初甩她时话说得很难听，说她是被家里惯坏的小公主，把蠢当可爱，做事没有分寸等等。更关键的是，陈卿提出分手的时间点距离研究生入学考试只有不到两个半月。

鹤鹤决定“瞻仰”一下他的新欢。

陈卿的新欢堪称优秀，是比鹤鹤低一届的建筑系学妹，年龄却比她小三岁，去年还作为学生代表到别的大学交换过。学习好就算了，长得还酷似电影明星，精修照算得上美艳无双。

鹤鹤还摸到了她的视频网站账号——“赛琳娜”，对方是个兼职博主，主要是给英文脱口秀做中文字幕，有时也会分享一些日常，粉丝有好几万。

鹤鹤知道这样不好，事后也深刻反省了，但是在被分手和考研的双重压力下，还是忍不住跑到她的视频下面留言：“哼，一点都不觉得你比我好看，没眼光的男生才会喜欢你！”

对方看没看到不重要，但是失恋后的鹤鹤心情好了不少。

只有一点不好，留言似乎会上瘾——

从那以后，赛琳娜每次更新视频，都有个“杠精”在评论区兢兢业业地抢沙发。

她发外国人的脱口秀，鹤鹤就不屑地说一个这样的人懂什么国际政治；她发最近看的电影，鹤鹤就在下面普及四百多字导演的黑历史;她发一碗食堂的元宵，鹤鹤就撇嘴说那应该叫汤圆……

赛琳娜没有拉黑她，也没有理睬她。

直到某天傍晚，陈卿在食堂叫住鹤鹤。

这是分手后，陈卿第一次主动对她说话，没等鹤鹤想好该摆出惊喜还是高冷的表情，他劈头盖脸地说：“你疯了吗？”

“视频网站上那个轻松熊头像的数字 id 是你，对不对？”男生板着脸，满是嫌弃，“丢不丢脸，难道你以为这样子做能挽回我？”

食堂是同学、老师和教职工高度密集的地方，周围的人纷纷看过来。

“赛琳娜知道是你骂她，碍于你是她学姐才不反驳。你看她多善良，你身为一个女生，心灵怎么就那么脏……”

鹤鹤被说得颜面无存，眼泪直打转，而陈卿还在继续痛诉，连给她打饭的食堂阿姨都鄙视地收回了勺子。

她做错任何事都只允许别人毫无底线地骂她两分钟，超过就爆发——

“你无耻！”鹤鹤推开陈卿跑出了食堂。

2

鹤鹤痛定思痛，再也没有登过视频网站小号，眼不见为净。直到三天后，手机上收到一条短信。

“你关注的博主赛琳娜刚刚在网站发布了最新视频，快去给她送上点赞、弹幕和评论吧！戳下方链接马上就看！回 TD 退订，退订内容回复前加：我是猪。”

鹤鹤撇撇嘴，没有理。谁知晚上的时候，又收到相同短信提醒她赛琳娜发新视频了。

鹤鹤刚从图书馆自习回来，烦不胜烦，索性按照上面的要求回复：“TD，我是猪。”

发出去后，隐约觉得不对劲。

经过认真思考，鹤鹤又发了句：“我是猪，TD。”

一分钟后，手机震动一下：“您所回复的内容超过有限时效，目前转入人工客服。稍后会有专人与您联系。”

紧接着微信就多出一条好友申请，申请栏写着：“我是赛琳娜，视频网站的赛琳娜。”

对方的头像是她的自拍，照片上的女孩子看起来颇为美艳，鹤鹤手一抖，不小心通过了。

赛琳娜的第一句很有礼貌：“学姐好。”

鹤鹤有些迟疑，但还是飞快地打字：“你和陈卿在一起了？”

对方回了一个小奶猫皱眉的表情："怎么会呢？"

鹤鹤说："他亲口告诉我他在追你。"

对方回："那我亲口告诉你我单身，好不好？"

正在这时，眼前突然漆黑——到了每晚十一点的熄灯时间，黑暗像幕布般轻柔地覆盖，只剩下她眼前的手机屏幕，还散发着虚弱的白光。

鹤鹤很少有安静不说话的时候，此时却难得地沉静了片刻，她的眼神清澈忧伤，茫然地咬着嘴唇。

当初陈卿足足追求了她两年，鹤鹤才答应做他女朋友。也是陈卿亲口说喜欢她的脾性，觉得娇憨可人，现在却弃之如敝屣。

鹤鹤可能确实是一个被宠爱过头的小女孩，但陈卿是她第一个试着去喜欢的人，也是她的初恋。

对面又发来信息："哎，你和自己男朋友分手，怎么会想到来视频网站找我的麻烦？"

鹤鹤悲愤地打字："我搜不到那个渣男的视频网站账号！"

赛琳娜发来无语的表情："你和男朋友分手的时候，是不是把脑子也当分手礼物送出去啦？"

短短一句话，把鹤鹤的忧伤和失落一扫而空，想狠狠骂回去，却发现对方已经把自己拉黑了。

3

之后几天，鹤鹤除了去图书馆自习，就是在宿舍神情扭曲地捧着手机，有时候还气得在床上打滚。舍友都忍不住背着她悄悄议论，鹤鹤是不是和陈卿和好了？

和好？怎么可能。

鹤鹤被赛琳娜拉黑后，气得要命，却也没想着继续死缠烂打。直到她忍不住登录视频网站，看到对方最近更新的脱口秀视频，名字叫《那些毫无主见的女生》，在结尾的致谢部分，写着“谨以此段视频，送给某脱线学姐”。

之后几天，赛琳娜连续更新了几期脱口秀视频，名字分别是《为什么大学生应该多读点书》和《精神脆弱者的自我治疗办法》。

鹤鹤有充分的理由认为，对方在含沙射影。于是，她又捡起视频网站账号，在弹幕和评论区和人吵得风生水起。

等鹤鹤再次在校园的小路上碰到陈卿，还是一把拉住他的衣袖。陈卿皱眉，鹤鹤咬了咬牙，一鼓作气地说：“我其实不想管闲事，但念在以往的情分，还是警告你一下！”

这几天的网络吵架，鹤鹤虽然完全处于下风，但也掌握了不少关于赛琳娜的消息。比如，赛琳娜亲口说过她对陈卿不感兴趣，陈卿也不是唯一追求她的男生，她之所以对他有几分容忍，是因为陈卿的父亲是学校的教授。

陈卿不耐烦地听着，看着他并不怎么相信的表情，鹤鹤眼圈又有点红。

她强调着：“真的，赛琳娜就在利用你！”

“我爸确实是咱们学校的老师，但今年三月就辞职了，目前在另一所大学任教。”陈卿板着脸，“鹤鹤，咱俩交往的时候，我把这事告诉过你，但你不记得。你永远这样，从来都只活在自己的世界里。”

鹤鹤委屈极了，揉着眼睛，气冲冲地跑回宿舍。

舍友们凑过来七嘴八舌地安慰鹤鹤，劝她不要再去看赛琳娜的视频，也不要关注陈卿的动态，还强行收走她手机。

当天晚上，鹤鹤想看也看不了，眼睛不知道为什么发炎了，等到第二天早上已经肿成一片，还发起烧来。

鹤鹤的妈妈是眼科医生，“大惊小怪”地让她到医院观察两天。

鹤鹤在朋友圈里发了一张自己在病房的自拍图：“输液了，想你的夜。”

这一病，就是一周。眼睛倒是很快就恢复了，但因为家里的伙食太好，整整长胖了 2 公斤。

鹤鹤出院后在家里赖了几天，就重新回到宿舍。她回来的时候室友都不在，她把窗帘拉上，复习了会儿专业课，没看多久书鹤鹤就觉得困了，于是蔫蔫地爬上床。

到了中午，她突然醒了，因为有人在轻轻地摸她的脸，准确来说，是帮她拨了下盖在眼睛和脸颊上的碎发。

一睁眼，一个极漂亮的女生正近距离趴在她身侧，脸小小的，皮肤莹白，没有任何妆，只有嘴唇柔艳如桃花，戴着金丝眼镜，穿着一件粉色的毛衫。

看到鹤鹤醒来，女生神色中没有任何慌乱和不自然，轻轻揉了一下她的头发：“严重不严重啊？居然住院了。”

女生的声音很好听，手伸过来得也很快，身上还有种香香的味道，鹤鹤的心简直要跳出来，很小声地问:“你是？”还没说完，脑海里突然灵光一现，赛琳娜！

赛琳娜不笑时看上去很冷艳，但弯着眼睛的时候，又有种自然流露的天真，“你下次睡觉记得锁门，幸亏是我，万一有坏人闯进来有你好受。”

鹤鹤呆呆地看着她，突然腾地坐起来，开始尖叫：“你你你，出去！”

宿舍里是上床下桌的结构。赛琳娜刚才是踩着椅子边才能趴在她身侧，此刻她脱掉靴子，作势要顺着梯子爬到鹤鹤的床沿。把鹤鹤气得吱哇乱扭，朝着她扔玩偶，禁止她靠近自己。

这时，同宿舍的另一位女生推门进来。

“鹤鹤宝贝，我上楼摔了一跤，给你带的午饭不小心洒了，等我放下包，再去给你买……”舍友还没说完就愣在了原地，显然不能理解眼前打闹的两人是怎么回事。

鹤鹤不情不愿地跟在赛琳娜身后，对方走路步子迈得并不快，但是每一步都跨得很大，她得小步快跑才能跟上。

鹤鹤被赛琳娜拽着来到食堂，她做梦都想不到，自己会和赛琳娜单独吃饭。刷饭卡的时候，赛琳娜抢先结账，鹤鹤立刻举起手机，非要把钱转回去。

赛琳娜坐在对面，她是有点混血感的长相，五官并不是小家碧玉式的精致，但整个就是很好看，包括气质：“我应该重新自我介绍，赛琳娜只是网名。”

鹤鹤拿着筷子夹米饭：“你的话好多……那你真名叫什么？”

赛琳娜却不说话了，咬着吸管看了鹤鹤好一会，突然弯起唇笑了：“我改主意了。我现在不说，等你自己去查好了。”

鹤鹤气哼哼：“查你名字还不容易。”

两个女生都间接地知道对方的信息，但并不全面。赛琳娜知道鹤鹤要考研后，看上去有些惊讶，鹤鹤不由有几分得意，但等她知道赛琳娜是从陈卿嘴里知道自己生病的消息，又不吭声了。

陈卿知道她生病，一句问候都没有。

随着时间的推移，鹤鹤好像也逐渐接受了，两人复合的可能性很低这一事实。

孤独的人是可耻的。没有人愿意承认，自己是被抛弃的那一个，失恋总和悲愤混杂在一起，反复煎熬。

赛琳娜用手托着下巴，她歪头说：“这件事是你自己太笨了哦。”

鹤鹤回过神来：“你说什么？”

赛琳娜淡淡地说：“像这种情况，你就应该好好隐藏自己的感情。首先让人家不抗拒你，才会允许你继续靠近。强行解释只会加深误会。”

鹤鹤赌气说：“你说起来容易。”

赛琳娜也没继续解释，耸了耸肩，看上去并不在意鹤鹤的话，换了个话题：“我们重新加微信吧。”

鹤鹤很警惕：“你到底想干吗？当初是你拉黑我。”

“建筑系每天晚上都要作图，很无聊，最近这段时间，我就指望在视频网站看你留言，才能放松一下。要是你不愿意，那我就只能去找无聊的人打发时间，比如，陈卿。”赛琳娜狡黠地说。

对方的微信二维码已经摆在了鹤鹤面前，给人的感觉根本不像是在讨要别人的微信，反而像是……胸有成竹地知道没有人会拒绝自己，只是在散发魅力罢了。

4

晚上回到宿舍，舍友们都劝鹤鹤离赛琳娜远一点，谁知道她安的什么心思。

但是，赛琳娜是一语惊醒梦中人。

鹤鹤因为被陈卿甩，郁郁寡欢了很久，原本被视为头等大事的考研，复习进度也停滞下来了。万一落榜，她就真成了陈卿眼里一事无成的人。

打定主意，鹤鹤决定进入复习冲刺阶段，打起精神，专心致志地温习功课。

但轰轰烈烈的决心并不意味着能即刻生效到现实里。

鹤鹤重新翻开久未谋面的专业书，一页草稿纸从里面悄然飘落，纸上写着一个日期，她本以为是随手写下的考试时间，又发现不是，那是陈卿的生日。

陈卿的生日，就在研究生考试的前一周。

鹤鹤早在暑假里就开始打零工，用她的工资在海外代购了一个昂贵的机械键盘，想送给陈卿当生日礼物。但快递刚到手，陈卿就和她提分手了，这个键盘也就被封存在宿舍衣柜的最深处。

寝室又是漆黑一片，到了熄灯时间。

✦

鹤鹤的心中淅淅沥沥，好像在下雨，很想和身边的人撒娇，但舍友已经休息，四周都安静下来。她坚决地摇摇头，写了键盘的转手帖子，发在学校的论坛和朋友圈里。哼，断舍离！

刚挂出去，赛琳娜来私聊她："包邮吗？"

鹤鹤愤恨地缩在椅子里，她简直郁闷坏了，赛琳娜就是她命中大大的克星："不能卖给你！"

"我的键盘被家里的狗狗咬坏，刚好想买新的。"

为着那点残存的自尊心，鹤鹤也不想把打算送前男友的礼物卖给现情敌，就气鼓鼓地说："你很有钱吗？"

"才不是。有钱人谁会学建筑，这属于搬砖专业。"

但实际上，赛琳娜的家境似乎相当不错。她没有住宿舍，而是在大学附近租了两居室，养着一只极可爱的小蝴蝶犬，经常在朋友圈里晒图。

鹤鹤对她养的小狗很感兴趣。

"等你考完，我把它带来让你看看，我经常会在学校附近遛狗。"赛琳娜告诉她，"现在不能带来跟你玩，免得耽误学姐复习。"

鹤鹤狐疑地说："这么关心我的考研？我要对你有防备心了。"

赛琳娜回复："你最好有。"

大四的上学期，几乎没有课程。宿舍里的女生有找到实习的，很快搬出去，接着就有第二个、第三个。

到最后，除了复习考研的鹤鹤，寝室大部分时间都是空无一人。隔壁的宿舍也差不多如此，走廊上安静得不同寻常。

在这种有点忧伤的离别气氛中，学校组织同学们打疫苗。

鹤鹤透过图书馆的落地窗，经常看到学弟学妹瑟瑟发抖地走进旁边的校医院，不出意外地，又看到了命中克星。

赛琳娜是一个人来的，一走出校医院，她就迅速找到个僻静位置蹲下，扶着墙根休息，神色有些痛苦。

在很多人眼里，赛琳娜是一个漂亮、气场强大、有魅力的仰慕对象，却也颇为神秘高冷。但却没有几个人知道，她晕针，连抽血都害怕。

赛琳娜本能地掩饰着这一面，同学和朋友都早早打完疫苗，她拖到了最后一天。

现在，赛琳娜的身体很不好受，她一直有些贫血，此刻眼前阵阵发黑，胳膊还疼，身边也没有人可以帮忙……不对，不是没有人。

“你怎么了？”有人绕到墙角，好奇地问她。

赛琳娜咬了咬唇，有些冷漠又有些警惕地抬起头，随后怔住了：“……学姐？”

5

鹤鹤把人带回寝室休息，赛琳娜一言不发地吃着她买的汉堡。

鹤鹤在旁边不时为她添上热水，有点紧张，作为经常被人照顾的那一位，鹤鹤很少主动照顾人。但有个医生妈妈，她耳濡目染之下，也大概猜到赛琳娜是晕针。于是她赶紧去食堂买吃的，因为不知道赛琳娜爱吃什么，鹤鹤买来至少五份不同的食物。

✦

“你怎么看到我的？”过了很久，赛琳娜才轻声地问。

“路过，”鹤鹤硬着头皮答道，她总不能说自己是特意跑去嘲笑赛琳娜的，“而且今天是周二，图书馆只开到五点半，我只能回寝室看书。”

这句话不知道怎么戳到赛琳娜的笑点，她莫名笑了起来，环顾了一下偌大的宿舍，其他女生的行李早已搬空，只有鹤鹤的桌前亮着温暖的台灯，旁边摆着厚厚的考研用书。赛琳娜心想，这家伙真的好单纯，居然会被开玩笑的话所激励，独自在寝室复习……

鹤鹤说：“你自己吃东西吧，我还要复习政治。”

赛琳娜点点头：“学姐，我头还有点疼，能在你屋里坐一会儿再走吗？”

鹤鹤半开着门，整个楼层都是即将毕业的大四学生的寝室，走廊里很安静，

“我能借用你的笔记本电脑吗？”赛琳娜沉默了一小会说，“顺手剪个脱口秀视频。”

鹤鹤在看书，就把电脑让出来，她随口问：“你是学建筑的，为什么会做翻译脱口秀的博主？”

赛琳娜说：“因为我经常在酒吧里听别人说脱口秀，就想自己翻译试试。”

“你经常去酒吧？”鹤鹤从来没有去过酒吧。

“我姑姑开酒吧的，”赛琳娜看她一眼说，“我爸爸是建筑师，经常出差。”

“那你妈妈呢？”

“去世了。”

“不好意思，我不知道。”

“没事，她走了很多年了。”

她们没再说什么，鹤鹤默默地看着辅导书，她不知道的是，赛琳娜在旁边静静地看着她的电脑桌面，上面是她的自拍，女孩搂着一个玩具熊，笑容纯净而简单。

赛琳娜拿起手边的杯子，里面是鹤鹤给她倒的蜂蜜水，一点恰到好处的温暖浅浅地涌上心头，浮起了一种异常情绪。

从那天开始，鹤鹤发现赛琳娜这个嘴比较损的学妹除了可以在网上“论战”，还能随时拉出来吃饭。

鹤鹤问过赛琳娜，当初自己在网上骂她，怎么不拉黑。

赛琳娜就弯着眼笑：“我在视频网站发脱口秀视频，经常会收到莫名其妙的恶评，已经很习惯这种事了。我想，网络可能是能让那些不开心的人发泄的地方。”

“啊……”鹤鹤哑口无言，第一次认真地看着赛琳娜的脸。

她的眼睛很大，是双眼皮，睫毛卷卷翘翘的，皮肤光滑无瑕得像芭比娃娃。这么漂亮的人，不应该在网上承受那些恶语。

过了会，她不情不愿地说：“对不起啊，我以后不会这样了。他们骂你，都是他们不好。”

不料赛琳娜扑哧一声，又笑眯了眼：“逗你的啦，你怎么那么傻哦，别人跟你说什么话都信啊！”

说完还对鹤鹤抛了个媚眼，坏笑了一下，把人气得要走。

“你真是个奇葩！”鹤鹤顿了一下补充道，“应该拉去打针！”

6

人人都受不了奇葩。但是，漂亮的奇葩总会如鱼得水般地融入别人的生活里。

鹤鹤是个很喜欢热闹的人，准备考研之前，她要么和朋友玩，要么去找陈卿，要么就回自己家美滋滋地追剧吃零食。但如今，这些惬意的娱乐都远离她了。

到了复习的后期，鹤鹤每天埋头苦学，唯一的消遣也就是和赛琳娜斗斗嘴。

赛琳娜经常会半开玩笑地说，希望明年能继续在学校里见到鹤鹤，因为鹤鹤很需要继续接受教育。

“希望考研一切顺利，拜托让我一次上岸吧！”鹤鹤自己也在虔诚地祈祷，希望考试快点来，又希望准备的时间更充分点。

时间流逝得不知不觉，很快就到了考试前的最后一周，下雪了。

与此同时，鹤鹤在论坛上挂了很久的键盘，终于有靠谱的买家来咨询。对方是本校读研的学生，让她出示了一下购买凭证，就爽快地答应购买。

两人约定在西门交易，见面的时间是下午四点半。

而那天也恰恰好就是陈卿的生日。

鹤鹤早上醒来后，没有急着去图书馆占座，而是躺在窄小却一尘不染的床上，呆呆地看着外面的雨雪。她很早就知道自己和陈卿彻底结束了，而现在，确实应该亲手为这件事画个句号。

下午四点半，暮色笼罩整个校园。

鹤鹤是从图书馆里直接跑出来的，穿得不多，一身乳白的毛衣，下面踩着雪地靴。

把键盘交给买家的时候，鹤鹤想了想："我可不可以把外面的包装盒留下做个纪念。"

买家是个研二的男生，一见面就对鹤鹤惊为天人，毫不犹豫地答应了。

西门附近有一个小花园，栽满梨树，淡淡其华，轻轻飘散，随风入画，春天的时候宛如仙境，是学校的网红景点。

鹤鹤抱着空空的纸盒，绕到小花园里。

大学里熙熙攘攘，唯独那处非常冷清，又下雪了，银白色的点点凝在半空中形成轻轻的白雾。

她的呼吸弥散在空气中，有点冷……

远处有个小小的身影，缩在树下，像是学校里的流浪犬，每次下雪的时候，都有不少小动物冻死。鹤鹤掏出随身带着的零食，朝着它招了招手。

那只小小的流浪狗犹豫了会儿，摆着尾巴朝她奔来。

鹤鹤连续喂了它好几块牛肉干，低头看着它。也不知道为什么，这只狗看起来很眼熟，毛发干干净净的。

"你从哪里来？"鹤鹤小声地问，然后自己又帮它回答，"贫僧从东土大唐来。"

这时候身后有人叫她："鹤鹤？"

一抬头，居然是陈卿，他满脸惊讶地看着她。

鹤鹤完全没想过会发生这种情况。

一种突如其来的尴尬让她蹲在原地什么话都说不出来，她没想过，在陈卿生日的这天，自己卖出送他的键盘，随后又偶遇他，上天是不是在玩自己啊？

“你怎么在这里？”她回过神问。

“我在帮赛琳娜找狗。”陈卿绷紧脸。

原来下午的时候，赛琳娜的狗挣脱狗链跑出去了。她急得要命，发动所有的同学和朋友帮自己找，而身为追求者的陈卿，也义不容辞地来帮忙。

鹤鹤垮下脸，她想陈卿一定很喜欢赛琳娜，今天他过生日还出来帮忙找狗。

这时候陈卿注意到她手里拎着的键盘盒，他理所当然地以为这是鹤鹤要送给自己的生日礼物。

他皱皱眉：“我不管你送什么，都拿回去，我不要你的礼物。”

鹤鹤的脸一下子红了：“少自作多情！”

她气冲冲地转身要走，却又停住脚步：“对，我原先是想把它送给你，让你开心一下。但现在，我们分手了，我已经把键盘卖出去了！听到了吗？我加价二百块卖出去了，卖给一个超级无敌大帅哥，他都没有讨价还价！我宁愿卖出去都不送给你！你开心了吗？这就是个空盒子！”

陈卿的脸红了又白。

正在这时，另一个身影急急地朝着他们跑来，是赛琳娜。

她惊喜地抱住自己的小狗，蝴蝶犬摇着尾巴，亲热地舔着主人的脸，而旁边的陈卿和鹤鹤依旧像斗鸡般盯着对方。

在外人眼里，这个情景肯定特别诡异，搞不好会误以为他们在“深情款款”地对视。正常人遇到前情侣吵架的这种情况，一般都是默默离开，个别可能会硬着头皮问还好吗。

赛琳娜却是那个例外，她目光冰冷地盯着陈卿看了会，再看向鹤鹤，换上一副好像看到什么搞笑事情的表情，当着陈卿的面问鹤鹤：“是他把你叫出来，让你帮我找狗的？”

鹤鹤一下子就急了：“美得你，我就是出来卖键盘的！”

7

说清楚后，赛琳娜牵着她的蝴蝶犬，陪着鹤鹤往图书馆走。陈卿居然在后面默默地跟着，时不时抬头对两个女生投去怀疑的目光。

一路上两人都没说话。鹤鹤长时间待在户外，她的毛衣又薄，看着都很冷，赛琳娜就把自己的围巾递了过去。

鹤鹤觉得很烦，她完全不想和陈卿复合，更不想听到赛琳娜评价这件事，因为觉得好丢脸。她只能闷闷地说：“反正，我今天真的不是故意来见陈卿的，我们只是偶遇。你不要误会。”

赛琳娜说：“没事，我知道什么情况。”

鹤鹤蹙眉：“那你说说看。”

赛琳娜瞥了眼鹤鹤手里抱着的空箱子：“你之前肯定想送陈卿这个键盘，但改变主意了，就要把它转卖出去，是不是？”

猜得太准了吧！鹤鹤脸上不禁露出吃惊的表情。

赛琳娜说：“比较了解学姐你嘛。”

而当鹤鹤忍不住炫耀自己键盘的买主是个帅哥的时候，赛琳娜却又生硬地打断她：“关于男生的事情你自己决定就好，不需要告诉我。”

赛琳娜的视线直直地望到鹤鹤的眼睛里，鹤鹤突然间不知道说什么好。

她们走到了图书馆的门口，那里摆有一个圣诞老人的纸质立牌，圣诞节快到了。学生会已经将旁边的灌木打扮成圣诞树，装上彩灯和挂饰，红的、绿的、黄的，很有氛围。

赛琳娜在刷卡的入口处停下脚步，主动开了口：“你……不喜欢陈卿了吧？”

鹤鹤现在听到陈卿的名字就不爽，气鼓鼓地说：“不喜欢！”

寒风吹起赛琳娜的长发，显出几分妖娆，空气里有她身上淡淡的好闻气息，她抿抿嘴，又说：“你抬头。”

她和她，此时此刻，正站在槲寄生下。

槲寄生，是圣诞节的传统装饰物，经常在门上悬挂，上面结有红色小浆果。

鹤鹤却猛然想到，赛琳娜曾经在视频网站做过一期视频，介绍西方圣诞节的传统风俗，其中有一条是，站在槲寄生下的两人，必须要拥抱。

她就在底下故意抬杠反驳说：“21世纪了，只有男女才能拥抱，好姐妹就不可以吗？也许拥抱并不代表爱情，只代表着一种祝福。”

反正是这种刁钻的损人角度。

她用余光看到赛琳娜也在盯着自己。

赛琳娜刚才递来的长围巾，鹤鹤只是潦草地搭在肩膀上。赛琳娜走上前一步，两只手拽着围巾末端，轻柔地反复缠绕了三圈，擦过鹤鹤被寒风吹得乱七八糟的头发。她呆呆地立在原地，四周的声音好像突然消失，就只剩围巾无限轻柔的触感包着下巴，柔和地抵挡着寒风。

她俩的脸，大概只有一根手指的距离。

淡淡的香气，伴随柔软的羊绒丝丝缠绕，让鹤鹤有些喘不过气。她看着赛琳娜精致的鼻子，看着她很认真地帮自己系围巾。

脑海里突然浮现另一个问题，自己和赛琳娜之间，到底算朋友还是算情敌呢？

然后就在她胡思乱想的时候，赛琳娜抬起头，她说："学姐。"

"……嗯？"

赛琳娜比鹤鹤高一点，因此说话的时候会低头。她隔着围巾，认真地看着鹤鹤："键盘都已经卖了，就忘记上一段感情吧。我真的很讨厌有人伤害你。"

陈卿在远处震惊地看着她们。

从他的角度，只能看到赛琳娜无限趋近于鹤鹤的脸，形成个暧昧的，类似拥抱的背影。

他完全搞不清明白，性格截然不同的两个女生，为什么能变得这么亲密。他苦苦追求这么久都不允许靠近的女神，为什么对任性的前女友另眼相看。

鹤鹤的脸热得厉害，猛地推开赛琳娜跑走了。

8

自那天之后，鹤鹤就搬回家住，窝在房间里准备最后的复习冲刺。

她专心复习，再也没登录微博，连微信都卸载了。

很快就到了考研当天，鹤鹤订了考场附近的酒店。

因为考前综合征，她紧张得什么也吃不下去，不停喝水。到了晚上八点，前台打来电话说有个她的同城快递。

是一个精美的甜品包装盒，里面是一个香气四溢、现烤出来的派，上面写着：逢考必胜。

没有署名，是一份匿名的礼物。

笔试的分数终于出来，高得吓人。鹤鹤得意之余也没有放松，因为还要紧锣密鼓地准备复试。早知道就争取保研了，她开始后悔自己在大学期间没有更多地投入在学习里。

这一段枯燥的复习，横跨春节。鹤鹤也没再回学校，赖在家人身边，偶尔无聊就和高中同学约着出去玩，放纵地大吃大喝，将所有的烦恼丢到脑后。

鹤鹤妈妈心细，她私下问了女儿，是不是和陈卿分手了。

鹤鹤点点头，妈妈也没多问，慈爱地摸摸她的头：“年轻小孩子嘛，分分合合都是很正常的事情。”

倒是之前买她键盘的男生，很殷勤地找鹤鹤聊天，还约她看了一场电影。在等待电影开始放映的几分钟里，鹤鹤一直心不在焉地玩着手机。

男生递来冰可乐和爆米花，无意看了屏幕一眼，惊喜地说："你也是这个视频网站的常客？怎么，你很喜欢看脱口秀吗？"

鹤鹤默默关上手机。

赛琳娜在圣诞节后就再也没有更新她的脱口秀视频，上一次更新，停留在鹤鹤看过的内容，那期的题目是《美国人吐槽在英国吃到的超难吃苹果派》。

鹤鹤曾经在下面留言，别逗了，某某家的苹果派就很好吃耶！我超喜欢。

鹤鹤等复试成绩的那段时间，因为很闲开始回想起很多别的事情。

比如说，赛琳娜作为翻译脱口秀的视频博主，经常在网上挤兑人，但是，她从来没公开反驳过鹤鹤，最多发个擦汗的表情包。

再比如，鹤鹤在复习之余，经常玩微信里的斗地主，其他人总是嫌幼稚，就连以前恋爱时陈卿都没陪她玩过，但赛琳娜每次都会跟她一起玩，除非她说要睡觉，否则赛琳娜从来不主动结束。

后来鹤鹤发现，赛琳娜玩游戏的时长是和她同步的，也就是说，自己不在线的时候，赛琳娜从来不碰这个游戏，她的专业课非常忙。

还有另外的一些小细节。

鹤鹤忘记交宿舍里的电费，在朋友圈嚷嚷了一句，赛琳娜下课后就特意跑到图书馆，帮她充值后再送回去。当然，赛琳娜事后也逼着鹤鹤请她吃了顿饭。

鹤鹤当时并没多想。其实在生活中，赛琳娜对她，跟对其他人的态度没有什么太大差别。因为赛琳娜就是那种很开朗的个性，总是充满自信地笑着，弯弯的眼睛，仿佛能处理好一切问题。

唯一有点特殊的是，赛琳娜很少跟男孩子打交道，她身边总是围绕很多漂亮女孩子，笑着称呼她为“白公子”。

研究生的复试结果是通过手机短信通知的，等结果的那几天，鹤鹤整个人的心都提到了嗓子眼里。

周一的时候，她因为要给导师交毕业论文的初设，时隔多日，终于回到了大学校园。

鹤鹤走在校园小径上，一跳一跳的，远远地看到西门边小花园里的梨树。冬天快要过去了，再过两个月，又可以看到梨花满树的美景。

她沿着校园大道，慢慢地走过图书馆，停下脚步，回忆起很多很多。

赛琳娜当初给她系围巾，然后说出“我真的很讨厌有人伤害你”时，鹤鹤的脸红了，但也说不出是什么感觉。

她只是觉得，从来没有人对自己说过这种话。

在她二十几年的人生里，不是没人说她任性娇气，但没有任何人对她说过“讨厌有人伤害你”。

鹤鹤望着图书馆门前那一串长长的台阶，沮丧地想，假如研究生复试没通过，她和赛琳娜可能就见不了面呢！

——同学你好，恭喜您顺利通过xx大学xx研究所硕士研究生复试，目前我所（院）已拟录取您为xx专业的硕士研究生。

通过本校复试的好消息，就在这时候，传到了她手机上。

鹤鹤呆呆地站在原地，然后兴奋得尖叫出声。

再接着，手机一震，是之前那个男生。他说鹤鹤如果有时间的话，两人今晚可以一起吃饭庆祝一下。

鹤鹤想了想，还是拒绝了。

到晚上的时候，鹤鹤宿舍出去实习的女生全部回来了，她们再叫上关系好的隔壁宿舍女生，大家一起去KTV唱歌，庆祝鹤鹤成功上岸。

房间里全部是女生，空气里弥漫着一种微甜的水果香味。

鹤鹤身为“麦霸”，连续唱了好几首歌。等她筋疲力尽地瘫倒在沙发上时，脚下好像有什么东西在动，一低头，视线对上了一双圆圆的黑色眼珠。

“天啊，是狗！”鹤鹤惊呼一声，旁边沙发上坐着的一个女生抬起头。

四目相对。

隔壁宿舍的女生已经喝醉了，她扯着鹤鹤的肩膀，笑着介绍：“这是赛琳娜，说也要来跟我们玩儿，她是咱们的学妹，人家还在网上剪脱口秀，是个小网红呢！”

好久不见的赛琳娜看着鹤鹤的表情有点小心翼翼：“之前觉得你一直在忙，没有打扰你。”

赛琳娜又说："还有，我的名字叫……"

"白芝海。"鹤鹤替她回答。

迎上赛琳娜诧异的目光，鹤鹤抚摸着怀里的小蝴蝶犬，闷闷地说："我早就查到你的名字了。"

鹤鹤打电话给甜点店，询问到订货人的信息。

赛琳娜抿抿嘴，垂下眼睛："听说，你找到新的男朋友了？"

"谁又在乱说话？我一直在认真考研！"鹤鹤很不高兴地说。

实际上，她在用不高兴掩饰见到赛琳娜的巨大惊喜和羞涩："干吗这么问，难道你有男朋友了吗？"

赛琳娜也快速地说："我没有男朋友哦。"

鹤鹤撇了一下嘴："那肯定是因为你太花心了！"

下一秒，一个冰冰凉凉带着水汽的东西毫无预兆地贴过来，赛琳娜把她手里握着的可乐罐头贴到鹤鹤的脸颊。

鹤鹤抱着小蝴蝶犬，猛地跳起来。

赛琳娜说："学姐，你一定会幸福的哦。"

鹤鹤的脸一下子涨红："你怎么这么关心我啊？"

正在这时候，包厢前方，有人唱起了歌，把赛琳娜之后的回答淹没在空气里。在歌声里，她只能看到赛琳娜对自己露出个温暖的微笑。

……………………

如果说世界上最坚硬的是铁，

那么，它依旧不能阻挡女孩们前行的路途。

……………………

MISS

天赋流
复读生
×
努力派
乖乖女

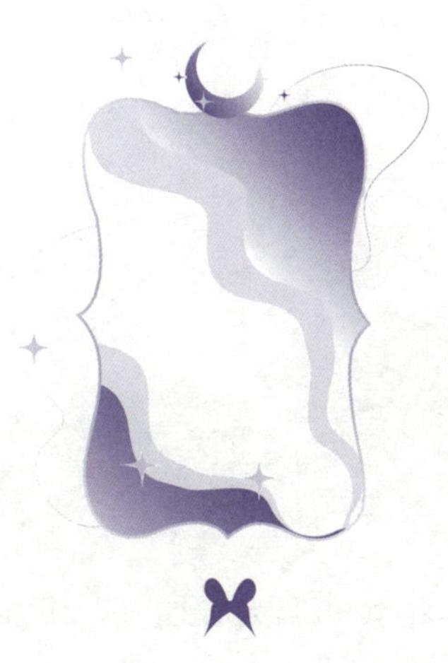

稿纸的守望者

CATCHER OF MANUSCRIPT PAPER

稿纸的守望者

CATCHER OF MANUSCRIPT PAPER

文 / 狮　心

喜欢甜甜的甜食，写甜甜的故事

1

宋蛞失落地走在 1998 号大道上，那一年刚好是 1998 年。

按理说，像她这样的人是不会感到失落的。毕竟宋蛞始终是老师眼中无可争议的尖子生，不论什么标准，哪门学科。

360°无死角。

如果可以，云江一中的高层简直想把她砌成大佛供起来。之所以没去市区名校，是因为她老爸就是本校的语文老师。

虽说如此，其实在小宋蛞的心中一直有颗邪恶的种子——她想故意搞砸一件事，随便什么事都好，让自己超一流学生的牌子碎成粉末。不过，她终究没有这么做，因为会让很多人失望的。

小时候，宋蛞去参加全国奥林匹克数学竞赛。比赛前，小选手们围着考场外的大池塘看龙虾。宋蛞也围过去，结果被一个毛手毛脚的小胖子撞进了水池里。等到用吹风机烤干身体，披上门卫宽大的制服进入考场时，距离开考时间已过了 45 分钟。

即便如此，她还是拿回了全国第三的奖杯。

小宋蛞却仍旧感觉到了些和以前不一样的东西。校长因为她没有获得第一而扼腕叹息；广播滚动最多的不是名次，而是她掉进池塘的过程。父亲宋瑜亮只问了一句，尽力了吗？小宋蛞点点头，前者叹了口气不停摸着她的头。

彼时她就知道了，原来第三和第一真的是不一样的。

再后来她就成了女超人，之后的奥林匹克比赛、中学生作文大赛、化学竞赛、十校联考……无论什么全都满载而归。

但今天她失败了，彻底地失败了。

宋蛞被推荐参加第三届创意小说大赛，全浦城每所高中都有两个名额，被推荐者可直接跳过海选，进入复赛。

她失神地走在路上，手里捏着通知。是的，复赛被刷了，大概 150 进 42 的比例，三四人进一个，却没有她宋蛞。

要是别的比赛，她心中的小种子也许还会摇曳一会儿："看嘛，我也有失手的时候。"但唯独这个比赛对她而言意义非凡——宋蛞高一时就曾用笔名瞒着家人和学校投了四篇稿，结果全无音讯。这次依旧将她拒之门外，她怎么也不能轻飘飘地放过。

【文笔毋庸置疑，老道而成熟，甚至太过老练了，情节平平，有些空无一物，还有提升空间。】

每个被推荐选手的通知单里都会附上专家点评。这样的评价已经不是状态不好可以搪塞的了，而是自己完全没有这方面的天赋。

我没有写作的天赋吗……

书包里有本上届大赛的优秀作品集，老爹给的。对宋蚳而言，里面的文章与自己的认知天差地别，行文多变，想象奇诡，如同外星人刻在月球上的碑文。而她就算剖开自己脑袋，重装一次也想不出那样的剧情来。

“有点意思吧。”

“也还行，就这样。”

“哟，我听到女儿吃醋的声音了。”

“切，吃醋哪有声音。你今天晚上回不回来。”

“加班，年级动员大会，晚上自己吃点。别太油了。”

“知道了。”

那一年，没人知道手机是什么，占据人们腰间的是一种叫作大哥大的东西。

宋蚳走出公用电话亭时已是黄昏，今天轮到她值日，打扫完一切后就在图书馆自习到九点。

当北美观众还沉浸在泰坦尼克号沉没的悲伤中时，他们所有悲伤的总和，一定比不上此时的宋蚳。

起码她自己是这样想的。

最重要的原因谁都没说，这个比赛的前几名可以在高考中加20分。小种子把这个秘密覆裹着，高傲如她不愿承认这个功利的目的。

“哟，这不是阿蛞吗，来来来，安老师这里有些大白兔奶糖，拿点回去。”

本来要到高二教师办公室拿试卷，结果竟然走到了楼上的高三办公组。

“谢谢安老师。”好在全校老师都认识她。

“唉，要是每个学生都像你这么省心就好了。”安老师一边批着作业，一边扒饭。

宋蛞刚想走，手中就多了些东西。

“阿蛞啊，你帮老师个忙好不好，把这两个纸箱扔掉。老师太忙了，教务组又要开临时会议。谢谢啊。”

还没等她答应人就夺门而出了。

纸箱意外的不重，不过太高了，刚走两步就撞上了办公室的门，东西散落一地。都是上届高三学生留下来的杂物：做了一半的教辅，断掉的铅笔头，写满草稿的废纸，扭曲的空水瓶，还有……

一件校服。

宋蛞捏着鼻子观察它，发现背后有些小字。

【最开始，小勤还不相信，但当她按下第一个键的时候，一个苹果真的从屏幕上方掉了下来……】

2

宋蛞翻来覆去就是睡不着。脑袋成了放映机，轮番滚动着一卷没头没尾的胶片——用黑色水笔在那件旧校服背后写下的故事。

虽然句子不通，语法简陋，甚至还有助词错用的现象，但整个故事非常有趣。大概讲一个女孩为了把男朋友永远留在身边，买了一款被诅咒的虚拟宠物机。她如愿以偿地把男友封锁在了屏幕里，只要按一个键，就可以喂他吃饭，给他喝水，甚至是洗澡。某天，她发现宠物机不见了，她把怀疑对象锁定在三个女生中，于是每天分时段跟踪这三人，结果发现她们和男友都有某种不同程度上的关系……

这故事就像个残篇，很多细节都没交代，最后也没有结尾，但它足够向宋蛞展现另一个幅员辽阔的宇宙。

一个疯狂的念头冒了出来：我就用上次那个笔名来参加海选吧。这个故事说不定可以进入复赛,就它吧,用我的文笔加工润色，再添上结局，一定会很棒的。

翻来覆去的原因便在于此了，宋蛞有十足把握可以驾驭这个故事，但真的进入复赛，期刊会登出优秀作品，万一被写下来的人发现……

会被骂成小偷的吧。

一夜未睡的宋蛞最后决定去找原作者，恳求对方把创意给她。离比赛截稿还剩下一周的时间，如果这次赶上，说不定还有机会冲击复赛。反正目前没人知道自己推荐落选的事。

“说了好多遍，这个不是我写的，过了那么长时间，谁还记得啊，你不要把它拿过来，脏死了。”眼前的女孩似乎很不满。

宋蛞是根据校服上的编号找到她的，这学姐刚参加完毕业典礼就被逮住了。

“拜托了，这个对我来说真的很重要。”

“等等，你拿过来我看看，这个字好像是……”

“姐姐仔细看看。”

“不看字我还不知道，一看这龙飞凤舞的字我就知道了。哈哈哈，你要找写故事的人是吧，地址我也一起给你。她的话，整个高三也没几个人不知道吧。”

学姐递给宋蛞一张纸——

齐清乐。

3

1998 年的民进辅导学院只有两个班，108 名学生，其中就包括齐清乐。

当时学院施行军事化教育，学生要在这个被铁丝网包围的教学楼内待上六天。所以当门卫告诉齐清乐，妹妹来找她时，齐清乐不禁一愣，她哪有什么妹妹。

“你是？”

眼前白净的女生梳着长马尾，穿着母校云江一中的校服，看上去很是乖巧。齐清乐看着矮她一个头的女生，发现对方一直躲避自己的目光。

是在害怕吗？

齐清乐摸了摸头上的黄发和脸上的伤，这小姑娘应该是第一次看到染发的高中生。

怎么，没见过自己这么飒的女孩子?

“我，我是……我是……一中读高二的。”

“哦，有事说呗。”

“是这个！”女孩双手举起一件校服。

齐清乐一下子就看出来了，这件校服是坐在自己前面的同学的。没记错的话，她以前总是在上面乱涂乱画，被对方骂过不止一次。

“我是云江一中高二（4）班的宋蛞，打算参加第三届创意小说大赛，我觉得这件衣服上的故事很不错，问了别人才知道原作者在这里，所以想问问能不能把这个故事给我。”她噼里啪啦地用鞭炮一样的语速坦白从宽了。

齐清乐玩味地看着这个小姑娘，想来也是喜欢写作的人，突然就想要逗逗她。

“可以啊，反正我创意很多，这个不过是中间水平而已。”

“谢谢啊，谢谢啊。”女孩转头就想走。

“等等。”

“怎么……”

“怎么可以平白无故给你。”

宋蛞皱皱眉头，果然，事情不会那么顺利。

“有一个小小的要求。”

“你说。”

齐清乐想了想。

“暂时没想到，之后再说。”

“之后就没机会了。”

小姑娘还挺有劲，齐清乐暗自好笑。

“那五个帅气小哥哥的电话也行啊。”

“不行！”

早恋在那个年代，就如同你在唐朝的长安街上一路骂李世民是笨蛋，被发现者杀无赦。宋蛞听到后把校服丢下就走了。

不，她是用跑的。

齐清乐在原地一个劲地笑。

班里灯火通明，六十多号人都在低头复习，如同一个沉默的交响乐团。唯独齐清乐反复看着一件校服。

那是去年月考时，突如其来的灵感。试卷答完后，周围又没有纸，只能把前面女生的校服当作临时稿纸。

谁叫她太瘦了，衣服松松垮垮，都拖在了自己桌子上。

故事写了三分之二仍不满意，便锁在房间最高层。旧作的框架不错，但自己写时总觉得累，可能是需要很多关于主角情绪的描写，而她只擅长情节。

创意小说大赛她去年也参加过，有一篇文章进入了12强，评委老师特意写了一封长信寄到她家，最后一句话是：很优秀，但还缺太多东西，太早，再等等。

当然，那封信的结局是被她酗酒的父亲发现并撕成碎片，她顺便被踹的那一脚又是另一回事了。头顶一闪一闪的，是随时可能跳闸的白炽灯，周围是埋头苦读的复读大军，齐清乐却在幻想的世界中化作了一匹独行的孤狼，狂奔在银色的荒原上。

月光下，她已和自己曾经的故事融为一体了。

4

宋蛞用脚蹭着小草，二十分钟过去了，她心急如焚。

“不好意思，我们学校吃饭到午自习之间只有半小时，刚下课我就过来了。”两人中间高耸着一面巨大的铁栅栏。

“那个，你说的……算不算违规啊。”

上周，宋蛞离开后第二天，齐清乐借口回去拿复习材料，在一中门口蹲点等待放学的宋蛞。见她出来后，立即将书包抢了过去，翻看她的周记本。

宋蛞傻了，但还是反应很快地将书包抢了回来。她在齐清乐的眼睛中看到的不是凶狠，而是一种兴奋的狂热。

“喂，我们来合写故事吧。”

直到现在宋蛞的脑子还没有转过来，合写故事这种事她闻所未闻。但为什么自己当时没有拒绝呢？

回过神来，铁丝网对面递来一小叠稿纸。

“这是整个故事的梗概，你看下，结局我还不是很满意，但前面三分之二的部分应该没什么问题，你就根据这个去细写。我相信你的文笔。”

说完还附赠一个媚眼，宋蛞不禁打了个冷战。她抱着那叠纸转身就走。离开前，她又看了一眼齐清乐。

"功课别耽误了……不然我会有罪恶感的。"

【没啥要求，就三点。第一，女主角心理描写是绝对的重头戏，务必要笔墨加重；第二，标注红线的段落你可以自行发挥想象力改写，没问题的，我甚至期待你有更好的发展；第三，剩下部分的剧情不光我一个人说了算，既然是合写，那我就要根据你的文笔来调整，所以放开了写，不要有顾虑。我看过你的周记本，相信你才与你合作，所以也请你相信我吧。】

最后一句真的有感动到宋蛞，凭着一股子热情立马开始写。

她觉得自己此刻是一个古罗马的建筑师，齐清乐只给了潦草的图纸，而这座伟大城池的每一片砖瓦，都要由她亲手填补上去。

那是以往写作中从未有过的感觉。

应试作文只是在老师规划的地方漆一点颜料，但现在，整个地域都是她的。抛开了三段论式的写作套路，宋蛞觉得自己的文笔更加灵动，大概是因为脚上的镣铐被解开了吧。

不过这直接导致了第二天上课时，宋蛞换上了一双熊猫眼。

"阿蛞，你昨天复习得太晚了吧。"同桌投来关切的目光。

"嗯，最近确实有点辛苦。"

"看看，全校第一的尖子生还这么努力，你们再看看自己。"听到一旁来上课的数学老师的这番话，宋蛞一阵汗颜。如果知道自己把校服塞在门缝里，整晚开灯写作的话，她又会是什么表情呢?

第六次见面，两人之间多少熟悉了些。

“哎哟，大作家来啦！”

“快点快点，我还要回去的。”

“急什么，你难得来一次，陪我随便聊聊吧。”

说话的时候，一阵风吹来，将原稿都吹散了。

宋蛞仰头看着飞舞的稿纸，觉得它们都在奔跑，也不知道自己该往哪跑。她拼命把它们一张张抓住，抓到最后一张稿纸那一刻，她突然觉得很有趣，她以前就想干这样的事，什么也不想，只想当个稿纸的守望者。她知道这有点异想天开，可她真正想干的就是这个。

两人把稿纸全部收集完已经是二十分钟之后的事了。

宋蛞很仔细地整理好每一张稿纸，因为故事从头到尾都在上面了。上周，齐清乐把宋蛞改写完的参赛作品从头到尾看了一遍，修改后又手抄了一份。她隔着栏杆给宋蛞指路，沿着对面的路一直往前就有一个邮筒。宋蛞一边皱眉一边翻阅手稿，觉得对方的字太烂了，但今天就是海选截稿日，已经没有时间容她再抄一份了。

“下次参赛稿由我来写。”

“放心吧，这又不是应试作文，字烂也不会扣分的。”

“你这个人就是这样，觉得什么都无所谓所以才考不上大学，字写得差就会给评委老师留下不好的印象。”

“好了好了，没时间和你争了，我要回去了，如果进入复赛的话我请你去录像厅。”

5

结果出来的时候，宋蛞正趴在桌上浅睡，脑海里全是《倩女幽魂》中王祖贤的侧脸。那是爸爸从一个调皮学生处没收的录像带，昨晚全家看过之后，宋蛞就沉浸在自己飘荡在兰若寺的幻想里。

“阿蛞，你进入复赛啦。”同桌的大嗓门把她白衣飘飘的幻想直接打包送去了侏罗纪公园。

“真的啊？”

“真的啊！”

“太好了。通知呢？”

“送到你爸那里了。你真是太厉害了，就没有做不成的事。”

同学们慢慢聚拢过来将她包围，宋蛞此刻就是橄榄球场上的四分卫手，想去哪里都不行，好不容易才挤出来。

面对这个好消息，她只希望一个人快点知道。

“紧张什么，我又不会吃了你。”

“我……我又没有紧张啊。”

因为是周末，路上多出了许多人。齐清乐和宋蛞站在一家录像厅前，旁边是红墙绿瓦的邻家大院，有小孩从里面钻进钻出。宋蛞特意没穿校服，左右张望，害怕被学校同学看到。

她的裙摆被暖风吹得忽高忽低，看得齐清乐有点呆了。

“看什么啊。”

“看你裙子是什么牌子的。”

“我是问你去看什么电影。”

“哦哦，进去再说吧。放心吧，我们不是来玩的，就像之前说的，我们是来做灵感训练的。看电影就是看别人怎么讲故事，这是特训。”

“那……走吧。”

录像厅地上除了烟头被碾碎时留下的黄斑就只有矿泉水瓶，昏暗的光线中矗立着两台电视机。

“要不看《倩女幽魂 2》吧，上周我刚看了第一部。”

“我无所谓。”

电影很好看，但宋蛞内心深处还是觉得这对写作没什么帮助。出来后，宋蛞想起齐清乐上次晋级复赛的稿子。

“我想看看你去年比赛的稿子。”

“在我家里啊。”

“哦，那算了，你下次带给我吧。”

“反正现在有空，去我家拿吧。”

“这个……还是不要了吧。”

“你害什么羞啊，拿完就走，又不留你吃晚饭。”

“切。”

去往齐清乐家的路上一共有三个小菜场，宋蛞一直心中在默数着，齐清乐家隐匿在一条幽闭的小径里，若非有意根本找不到。

宋蛞很小心地踏进门槛，内室非常简陋。大厅的饭桌角上挂着刚洗完的衣服，茶几上满是烟头，地板是常年被水渍浸染的淡黄色，与自己家天差地别。

宋蛞突然有些惭愧，觉得自己对齐清乐的态度可以再好一些。

“我记得……对了，是放在阁楼上。”

一下子就不见了齐清乐的身影。

原来低矮的楼上还有一个小空间，宋蛞只见她半个身体隐没在其中的深邃里。

“当心一点。”

稿子拿下时一并惊醒了沉睡多年的灰尘，厚厚的页面上钢笔墨痕已有洇散开的迹象，笔迹歪歪扭扭，和海选时的毛毛虫字体无二。

宋蛞笑了出来。

“笑什么？”

“没什么，我来看看。”

就在宋蛞接过稿子的时候，门口传来了钥匙转动的声音。

“糟糕，是我爸回来了。”

齐清乐浑身一抖，赶紧将宋蛞推进等人高的衣柜中，进去时，宋蛞手上还握着一半稿子。悄悄推开一条缝隙，宋蛞看到一个酒气醺醺的中年男人走了进来。

“怎么不在复习啊？”

“刚回来，就要去复习了。”

“手上拿的是什么？”齐清乐转身的时候被她爸发现了。

“没什么。”

啪，一记清脆响亮的耳光透过门缝，在女孩的瞳孔里无限放大着。

“你又背着我写小说……”

衣橱里的宋蛞捂着嘴，眼睁睁看着齐爸爸打了自家姑娘三个耳光。

“我养你这么多年我容易吗，就知道浪费钱！”

醉酒男人如同古代君王一般用暴虐维持着自己的权威。十年后的宋蛞可以打趣说，那个时候我在衣柜里把你小说的上半部分看完了，写得太精彩了，以至于外面发生了什么，完全不知道。但是此时此刻，她只能看着这一切的发生，却什么都做不了。

唯一能做的只有沉默。

一周后的老地方，隔着铁栏杆的少女们。

“你爸为什么不同意你写小说。”

“你爸同意？”

“那个，学习之外可以，只要不耽误成绩。”

“厉害。”

“你爸这么打你，你不恨他啊？”

“有什么好恨的，我就他一个亲人了。”

宋蛞已经忘了这是两人第几次见面了，在接过对方递来的稿子时，她送上了一瓶红花油。

“以前还以为你脸上的伤都是打架弄的。”

“左半边是打架，右半边是被打，嘿嘿。”

“别贫了，决赛我们写什么故事啊。”

“决赛……终于，终于要来了吗……”

春节快来了，家家户户都被普天同庆的红色绸缎裹着，好像所有的悲伤飘扬过境，远渡他乡。

宋蛞反复听着一盒初中英语听力磁带，是那天从齐清乐手中接过的东西。

“决赛……一盒磁带？”

“故事就在里面，你去写吧。我相信你，你的话一定行的。”

发现齐清乐还在偷偷写小说之后，她爸到复读班找到了老师，说孩子还在写些乱七八糟的东西。老师便发动全班同学一起监视她。在那个年代，师长的话如同圣旨，再加上复读时光无聊得可以榨汁了，同学们几乎是对待间谍一般监视着齐清乐，只要她一拿纸，写的不是公式就会凑上去看两眼。

在这样艰难的处境里，齐清乐洗掉了初中英语听力教材，把故事一字一句地录在了磁带里。

宋蛞知道后紧紧地握着手中的笔，因为她知道这些文字的重量，如果分母只是那 0.5 千克的磁带，分子就是一个少女关于梦想的所有努力。

以及她的未来。

一定可以的。我的文笔，配上你的故事，一定可以的。宋蛞擦了擦红肿的眼睛默念道。在这之前，她已经连续写了 12 小时了。

6

除夕夜，天空被巨大的烟花反复涂鸦着。

宋蛞照例等在老地方，她用脚尖蹭着小草，不停看向腕上的手表，按理说齐清乐应该可以过来了。她又等了二十分钟，还是没人，离截止时间只剩 48 小时了，为什么修订稿还没有送来。就在要走出这条街时，她听到了后面的动静。

有人从铁栏杆里翻了出来。

因为太急了，在最高点的时候一个没抓稳直接掉了下来，那个人直挺挺地摔在地上，后背发出沉闷的撞击声。

后面跟着民进的老师和门卫，尾随的还有一条条手电筒的白光，七八个人风风火火追着一个少女。

声势浩大。

铁丝割开了少女的皮肤，下落的冲击让她的脚也崴了。宋蛞看清了，是齐清乐。

她手上握着一个信封，不用看也知道是决赛稿。宋蛞就这样看着齐清乐，头顶是争相绽放的烟花，她第一次发现，竟还有女生跑得这么快。

她在向自己这边跑来，时间好像变慢了，一瞬间被切割成了无数定格的剪影，她从她的眼睛里读出了不一样的东西——

不要看我，装作不认识我，就当看一个路人。

齐清乐跑过她身边的时候，宋蛞低头捋了一下头发。

余光交汇，风带起了旁侧的发梢。

齐清乐一直往前跑，没有回头。宋蛞慢慢走到路口，从容淡定，小花坛里果然有一个被捏得快要变形的信封。

远处奔跑的少女还是被抓住了，白衬衫沾上了泥土，远远看去只能瞧见几个扭打在一起的影子，但宋蛞知道齐清乐在笑，她身上的每个细胞都能听到那无声的大笑。

宋蛞捡起信封拍了拍上面的土，走到邮箱前轻轻投了下去。

就像是电波穿越了漆黑天空，火源投向大地。有什么东西以这个邮筒为起点，树状图一般精密而有序地延伸着，前往看不见的未来。

宋蛞抬头，烟火还没有停，她知道，此时此刻的齐清乐一定也看到了。

那是为了纪念走到尽头的，属于她们的 1998。

『哇，有些女律师啊，明明那么普通，却又那么自信……』

APPRENTICE
LAWYER

MISS
MISS

成熟的
精英律师

×

懵懂的
行业新手

实习律师

APPRENTICE LAWYER

实习律师

APPRENTICE LAWYER

文 / 满心如愿

文字的本质是纪实，文学的真相是生活

1. 庭审

“……下面进入法庭调查阶段，由原告方宣读起诉状。”

法官在上面走程序，书记员白桃在电脑前核对今天庭审双方当事人的信息。原告律师在庭前主动向她提交了文字材料，等她一点点整理进庭审笔录里，那个叫裴凇城的女律师也差不多念完了诉状摘要。

这个律师的声音真好听，白桃心想。长得也好看。

今天开庭的案子又是一起离婚纠纷。白桃所在的民二庭分管家事案件，随着经济发展越来越快，群众日子越过越好，家庭生活中的矛盾也越来越多，她见过各种各样的律师，但眼前这种风格的确实是第一次见。

好温柔。

这位裴律师跟她的委托人说话时都会低下声音，专注地看着对方，耐心解释法官的提问。她穿着一身白色连衣裙，立体剪裁、修身合体，向法官提交证据原件时走向审判席，双腿又细又长。白桃悄悄看了一眼又一眼，觉得她审美也很好，三厘米的小高跟鞋拉出优美仪态，跟白裙子特别搭。

被告方答辩完后进入了举证质证阶段。白桃有些不满地看向被告律师：男的，戴眼镜，语速倒是不算快，但一点不带停，说完上一句就是下一句，完全不在意白桃记成什么样子似的，看都不看显示屏。轮到原告方质证时则不同，裴凇城一句一顿，不错不改，语气温和而有力，说一句就是一句。

白桃顿时对她好感大增：这就是专业吧，要是全天下的律师都这样就好了。自己以后有机会成为像裴律师这样的人吗……白桃往原告席上投去一瞥，裴凇城竟然也在看她，微笑着点了点头，右眉一挑，说出最后一句结束语："我方质证完毕。"

不好，被发现了……白桃赶紧收回视线。法庭辩论时原告方先提问。这桩离婚诉讼所依据的事实与理由跟其他离婚案件不太一样——家暴。这两个字像一枚刺，在做庭前准备时就扎进了白桃心里，让她下意识地对原告，也就是女方有了些隐隐的同情。这不是女方第一次起诉，去年已经告过男方一次，可惜当时证据不足没有判离。这回是第二次，白桃真希望女方可以拿出足够有力的证据来证明家暴的事实，从而推动法官做出有利于原告的判决。

"被告，请问今年二月你在潞城派出所出具的保证书是否为你亲手所写？当时是在什么情况下写明的？"

白桃注意到裴凇城对被告的语气与对原告委托人的语气差别

很大，双目直视对方，收尾干净利落，显然是早有准备。

被告律师凑近话筒想要接话，裴凇城立刻眼神一凝，压了重音道：“请被告本人正面回答。”

法官也提醒道：“代理人不要说话。被告发言。”

被告只好将当时的情况陈述一遍，裴凇城又询问了一些事实与细节。被告律师试图将施暴的性质辩解成因家庭琐事导致的互殴，不停引导原告发言，绕弯子。裴凇城则指出女方的反抗行为应该定性为正当防卫，绝不是什么互殴，家暴事实切实存在，双方感情确已破裂，迅速将问答拉回原轨，完全不踩被告律师的陷阱。

白桃一边记录，一边听得眼中异彩连连，目光落在裴凇城身上简直移不开。这场攻防拉锯战实在精彩，裴律师的业务能力更是令人折服，她最崇拜这样优秀的职场女性了。

诉讼双方的女儿就坐在旁听席上，最后陈述时原告边说边哭，她也在底下跟着默默抹眼泪。裴凇城轻拍原告的后背，在她耳边温声安慰，白桃看着心有不忍，甚至也想上去抱一抱原告，告诉她一定不要放弃，法律会给她一个公平公正的结果。

闭庭后，白桃将校对好的笔录分送给参与庭审的人员签字，原告一页页翻看着，白桃靠在原告席的桌子上，裴凇城在旁边等着签，忽然一抬眼，笑意微微：“看了下镜子，我脸上没什么吧？”

白桃一愣：“没有啊。”妆容超级精致的啊。

“那你为什么一直看我？”

“哪有一直看……”白桃赶紧低头，装作收拾庭审笔录的样子，“就，觉得你专业能力很强。”

裴淞城一笑:“谢谢。你做事也很熟练,不像是刚入职的样子。”

白桃有些窘迫，她庭审结束后跟相熟的人民陪审员闲聊说准备辞职了，陪审员大姐很惊讶，说你不是才来两个多月吗？白桃说自己已经通过法考啦，想去新的环境试试。她没想到会被裴淞城听见，还被人家当面夸了，真有点不好意思，一时间不知道该怎么往下接。

裴淞城把签好的庭审笔录递给她，白桃伸手去接，闻到了裴淞城身上清淡的香水味，好像是某种木质香，很浅，但很特别，有辨识度。

“要是辞职，考虑来我们所吗？”裴淞城翻开笔录第二页，那里有双方当事人信息，白皙指尖不轻不重地点了点“双桥律师事务所”几个字，仿佛是在画重点，“有机会可以了解一下。”

原被告还在场，面对如此直白的招徕，白桃什么都没说，不想被别人误会。

她将笔录拿到被告那边，等全部签完，一回头，裴淞城已经不见了。

2. 调查令

几天之后，白桃正在办公室做材料，电话响了。

“哪位？”

“白法官吗？”很多律师都会喊书记员一声法官，白桃“嗯”了一声，直到那个有点熟悉的女声说，她是之前那起家暴离婚案件的代理人，白桃才反应过来，对面是裴淞城。

“之前庭审上说要调房产信息，我今天下午过来送调查令申请书，你看什么时候有空呢？”

白桃看了一眼日程表:“三点有个庭审,你四点半左右过来吧。”

定下时间，白桃转眼就忘了这事，民庭实在太忙。到了约定时间裴凇城又给她打了个电话,白桃刚从法庭回来,懒得再跑一趟,便直接让她到楼上办公室来。

“我拿给法官审查。”白桃说，“或者你等一等？如果审查没问题，我现在给你开。”

“可我这边还约了当事人见面……”裴凇城面露难色,“这样吧,我们加个微信可以吗？有什么问题麻烦你跟我说一声，能开的话我明天让同事过来拿。”

白桃没想太多 :“也行。”

她们就这样互加了微信，裴凇城拎着包急匆匆地走掉了。法官看完材料表示可以开，白桃微信上通知了裴凇城，对面隔了很久才回她谢谢。

白桃心想，裴律师大概很忙吧。

调查令最后是双桥律所的实习律师过来拿的。白桃再见裴凇城是在一周以后，对方来送调查令调来的证据材料，例行公事的态度,全程没有跟她多说什么。白桃只记得裴凇城那天穿着小黑裙,腰带束出盈盈可握的细腰，清淡的木质香依旧。

白桃的微信里，裴凇城的对话框再也没有冒出小红点。有一天晚上，白桃看着裴凇城那个一片雪景的头像看了很久，很想问问对方那天庭审结束时说过的话还算不算数，手指悬空半天，最终还是关掉了对话框。

她觉得裴凇城这种行为似乎可以算作是一种推拉，当然更可能是她自作多情。也许人家只是随口客套一句呢？偏她当了真。

那场离婚纠纷的判决结果下来了。原告本人在出判决的次日就跑来了法院，法院判离，并且对诉讼请求中所涉财产做了分割。原告喜极而泣，白桃学着裴凇城的样子拍着她的肩安慰，这是白桃第一次见到有人能哭到浑身颤抖还边哭边笑。裴凇城并没有来，听原告说是在跑别的离婚案子。

可就在当晚，裴凇城跟她的对话框重新冒出一个小红点。

“周末有空吗，一起吃个饭？”

白桃以为自己看错了，反复确认，真的是那个雪景头像没错，备注是“律师裴凇城”。

她忽然有点暗暗的开心。

“好啊。”

精心选了一条素净的裙子，白桃比约定时间提前了十分钟到，没想到裴凇城比她更早，手上拎了一个小小的纸袋子。白桃刚想道歉，裴凇城直接将那个纸袋子送到她面前，让她先进身后的咖啡店坐下来喝点东西。

“裴律师平时很忙吧？”

白桃选择用这句寒暄开场，她发誓自己没有别的意思，裴凇城却好像看穿了她的心思，说：“确实有点忙。不过一直没私下联系你，是怕你误会。”

白桃用手指有一下没一下捏着纸袋的抽绳：“什么误会啊？”

“嗯？我以为你是要避嫌的。不是吗？”

白桃这才意识到裴凇城说的是那天庭审结束的事。那时的她对裴凇城的邀约不置可否，于是后者将这当成了一个不想在工作之外有私人联系的信号。

这才是天大的误会。白桃刚想解释，却发现裴凇城脸上笑眯眯的，带着几分揶揄。她眨了眨眼，感觉自己好像被这位裴律师掌控了对话节奏。

“当时是的。”白桃说，“但是后来，我一直在等你给我回复。”

很直白。

裴凇城一怔，随即一笑：“原来是我理解错了。不过我也在等你给我回复，考虑得怎么样了？”

“下周就辞职。”

“南街西路 214 号，博观大厦。”裴凇城拿出一张印有她联系方式的名片，放在桌上，用指尖轻推到白桃面前，“来所里找我吧。”

白桃收下名片，顺便往纸袋里看了一眼，里面是一个包装精致的白色礼盒，裴凇城让她打开看看。拆到一半，一股熟悉的木质香隐约浮现在空气里，萦绕在她周身。

“香水？”

“感觉你好像还蛮在意这个的。喜欢的话，就先留着用。”

白桃连声道谢，没有告诉裴凇城自己并不是真的在意这支香水。她只是喜欢裴凇城身上喷过香水的那种感觉，清淡、温和、成熟，是值得她去学习和崇拜的对象。

“说来还挺巧的，这支香的前调里就有桃。那天看到你的名字，我就在想这件事了。”

白桃也想起什么：“对啊，如果不是你一直在看我，怎么知道我在看你呢？明明是你先看的。”

裴凇城大笑：“那就算是这样好了。你的名字很可爱，你也是。”

“我听别人说，夸一个人可爱好像跟骂她蠢笨没差别……”

“那是别人，我不这样想。”裴凇城看着白桃的眼睛缓声说道，“我的意思就是字面意思，没有任何其他衍生意义。”

白桃将搅咖啡的小匙咬在嘴里，觉得裴凇城低低的声音太犯规了，听起来特别有说服力，让人很容易就会相信她说的话。

她的邀约，自己又怎么可能拒绝？

3. 合伙人

“哇，师父你还是律所合伙人啊！”

一个月后，白桃将法院的工作彻底交接完毕，办好手续，成为双桥律师事务所的一名实习律师。实习律师至少要满一年才能转正成执业律师，一般会有一个师父来带，帮带白桃的自然就是当时邀请她加入双桥的裴凇城了。

入职第一天，裴凇城带她去见几位所里的领导，与业务主任的谈话却没有白桃想象中那样心平气和——准确地说是火药味十足。白桃坐在一边战战兢兢的，哪里敢多嘴。

“没说不给你接。”主任捧着个茶缸子，说话不紧不慢的，“标的额大的离婚案，我当然希望你能多接，钱又不烫手。但有的案子到底什么样你自己心里也清楚，那当事人二十五块的诉讼费都要找你垫付。你家里有矿吗？这么喜欢纯帮忙。一个案子就算了，老是这样，我们所也不是做慈善的。”

“当事人求到我这里，要我袖手旁观，我做不到。”裴凇城抱臂在怀，“当时都说好了，你别忘记答应过我什么。”

“此一时彼一时……再说了，我就给个建议，你咋还急了呢？”

白桃心想，你刚刚说话的语气实在不像是建议。

裴凇城仿佛和她对上了脑电波：“你那是在给我建议？不是在下最后通牒？”

主任连连摆手：“当然不是。都是朋友，好心提醒一下而已。”

裴凇城再没说什么，转身示意白桃跟上，干脆利落地结束了这场争论。

“师父，你们刚刚……”

“问题不大。”裴凇城拍拍她的肩，“我跟他很早就认识，他之前答应过我的，不强迫我接案子，当事人点名找我的委托一定由我自己来处理。他的担心我都知道，但我想做的事情一定会继续做下去，不管别人说什么。”

“是离婚案？”

“不止。”裴凇城一笑，“以后你跟着我，慢慢就懂了。”

白桃被她的笑容晃了神，原地一顿，赶紧快步跟上。

“师父我才反应过来，你的名字是雾凇的‘凇’啊，我还以为是淞沪的‘淞’呢。师父不是沪城人？”

“当然不是。我出生在东北。”

“好远……那怎么来了潞城？”

裴凇城唇角微勾，没有回答，也没有含糊其词，好像一瞬间陷入回忆之中，又很快挣脱出来，轻轻叹了口气。

她停在一间办公室门口，指了指里面："民商口的，霍新安。这两年刚转正，有经验，以后你跟他一间办公室，多跟他学学。"

于是白桃明白了，裴凇城是个有故事的人，而且暂时不会与她分享一丝一毫。

霍新安人不错，教给白桃很多东西，不过她还是喜欢跟裴凇城在一起，感觉更轻松也更自在。霍新安有车，裴凇城也有，就白桃没有，两位前辈都知道白桃的住址，经常会顺路捎她一段。

这天晚上裴凇城也上了霍新安的车，到白桃家门口把她放下去，然后跟霍新安找了间常去的馆子解决晚饭。

"白桃怎么样？"她将碗筷沥一遍开水，"学东西应该还挺快的吧。"

"是不错，性格好，能学进去，手脚也麻利。"霍新安点点头，"但有件事我要问清楚，你不是真打算培养她吧？"

"你指的是哪方面？"

"接班人。"

"我还没打算退休转行。"

"别打岔，你知道我说的是什么，"霍新安斜睨她，"人家愿意吗，你就这么生拉硬拽的？"

"她不会不愿意的。"裴凇城想起白桃看自己的眼神，忍不住笑了笑，"她很信任我，是崇拜也说不定？"

"哇，有些女律师啊，明明那么普通，却又那么自信……"

“喂！”

“你还是问问吧。”霍新安沉默一下，还是这样说道，“别回头给人累跑了，还埋怨你。”

裴淞城脱口而出：“不用问。

“愿意跟着我的，就跟；不愿跟的，我也不强求。”

霍新安是知道她一些事的，所以到最后也没说什么，只是摇了摇头。作为朋友，他言尽于此。

白桃在霍新安那里学习了一段时间，裴淞城开始正式教她接待当事人。在法院工作的经历是很好的锻炼，不久她的名字就被写在了律所出具的授权委托书里，紧挨着前面的裴淞城。实习律师工资很低，但裴淞城出手大方，时不时就给白桃发红包补贴，还给她配了把钥匙，有时出差回来太晚，来不及送她回家就会把人带回来，反正是二居室，有地方睡。

有天夜里白桃起来倒水喝，看见阳台上幽幽一点暗光，裴淞城竟还没睡，又或者根本就睡不着。她悄悄靠过去一些，看着裴淞城陷在一片黑暗里的背影，手边是一壶清茶，有袅袅水汽蒸腾，停住了脚步。

她在想什么？

白桃没有再往前走。她回到卧室，睡在裴淞城隔壁的床上，嗅着身边清淡的木质香，心绪渐渐飘忽，又缓缓沉淀。裴淞城此时此刻在想谁她不知道，但她此时此刻在想裴淞城。就算这份心思暂时不被接纳也不要紧，那些藏在失眠深夜里的故事和所有的无言沉默，总有一天她会有资格分享，然后与裴淞城并肩而行。

白桃真正意识到裴淞城是在做一件怎样的事，是在刚刚，她亲眼见到这位当事人的时候。

对方穿着得体，可是脸色灰白，眼神沉郁。可能是某种神奇的感应，白桃直觉认为她正在遭受暴力的折磨，昼夜不得安眠。

“我什么都不要了。”那女人说道，声音飘忽又无力，“我净身出户，只要能快点跟他分开，彻底分开。我再也不想见到这个人。”

离婚案如果不涉及财产分割，可收取的律师费就会相应降低。清官难断家务事，离婚官司本来就难打，涉及家暴，能不能拿出合法有效的证据又是一个难题。白桃先前只是做些辅助性工作，真正参与这种案件里，还是第一次。

裴淞城先是询问了当事人几个重点问题，来判断对方有没有谎报以及是不是一时冲动，然后自己去准备材料，让白桃负责继续接待。女人脸上残留着被神经衰弱戕害的痕迹，明明年纪不算太大，却已出现了大面积的黄斑。白桃坐到女人身边与她拉近距离，将热水端到女人手里，声音放轻，了解当事人的具体情况。

殴打、冷暴力、分居……白桃注意到女人根本没有留存证据的意识，只有身上存在的伤痕能证明一二。女人的叙述逐渐变成哭诉，白桃有些为难，幸好裴淞城这时回来了，白桃像找回主心骨一样求助地看向她。裴淞城一挑眉，让她坐去一边，自己则顺势握住当事人的手，用力，握紧。

仿佛在向她传递某种力量。

“大姐，不着急。”裴淞城说，“一步步来，一切都会好起来的。”

晚上，裴淞城又失眠了。白桃几乎就要习惯这样的深夜，阳台上那个孤零零的背影仿佛一个失魂落魄的影子，隐匿在浓稠得仿佛化不开的夜色里。然后她告诉自己，不能真的去习惯，如果她想要站在裴淞城身边，就一定要学会拥抱隐藏在黑暗中的一切。

她觉得自己有信心也有能力做到这一点。

不久后，裴淞城要出差，傍晚就带着白桃出发，准备在当地住一夜。白桃在副驾驶想了很久，她藏不住话，还是决定问出来。

“之前那次主任说的，”她看着裴淞城，“我好像有点理解了。”

“理解什么了？”裴淞城面无表情。

白桃微妙地有些发怵：“就，他为什么不希望你总是接家暴、离婚那种案子……我好像懂了一点。”

“我不接，就更没人接了。我的口碑和名气也是一点点累积出来的，如果她们不是从别的地方知道我这个人，甚至想不起来要去找专业的人帮助自己走出来。”

“师父你干吗要把自己定位成一个‘拯救者’。”白桃想都没想，这是她最真实的感受，“天底下律师那么多，怎么就非得是你？”

“我？拯救者？”裴淞城笑了一声，声音有些冷，“白桃你是这么看待我的？”

白桃把头一低，手指抠着坐垫，车内一阵安静。

“不是我这样看待你，”她偷眼一扫裴淞城，很快回转，“明明是你自己这样定位的。”

裴淞城没说话。到服务区了，她一转方向盘，停车熄火：“你来开。”

白桃有驾照。她“哦”了一声，开门下车，二人换位。汽车继续奔行在夜晚的高速上，路灯从她们身边迅速掠过，风一样快，影一样轻。

“很明显吗？”

车内的沉默被裴凇城打破。白桃扭头看了一眼，裴凇城双手抱臂——这是一个防御性的姿势，说明她正在试图谈论一个可能并不是真心想谈论的话题——头轻轻靠在窗边，手机的微光映照出她沉静又姣好的侧脸。

白桃忽然心里一动，她……又在想些什么呢？

“其实没什么明不明显的。”白桃清了清嗓子，“可能是我比较熟悉你？”

裴凇城立刻望向她，正对上白桃凝视的眼。

“看路，好好开车。”裴凇城用手背虚打了一下白桃的肩。白桃讪笑一声，收回视线。

到酒店已经八点还多，裴凇城让白桃先去洗漱，自己整理一下文件材料。白桃知道裴凇城不能用吹风机吹头发，吹几下第二天就会头痛。等裴凇城擦着头发出来，她已经拿好厚毛巾坐在床边等了。

擦头发这事儿一直是白桃主动要求的，她开始还担心自己这样会不会显得有些狗腿，讨好的意味太明显。结果裴凇城本人并不在意，白桃也就跟着释然了。裴凇城头发很长，到腰，尾部烫了卷，但没染，徽墨一样浓黑。白桃下手轻柔，用毛巾一点点吸干发间的水分，呼吸落在裴淞城颈侧。大概是有些痒，裴淞城躲了一下，感觉有只小猫趴在背后，又软又俏皮。

“你说得没错。”裴淞城呆望着床对面的置物柜，眼神放空，“有些事可能不是别人需要我，是我自己想要那么做。”

白桃手上一停，这是终于打算告诉她那些过去的事了吗？

“你来双桥也有段时间了。感觉怎么样？”

裴淞城话题转得猝不及防，白桃一噎，还好她已经习惯被对方掌控对话节奏了。

“挺好的。虽然也忙也累，但感觉很充实。希望成为执业律师之后能独立找到案源吧。”

“如果当时让你跟着霍新安，不会像现在这么辛苦，跟着其他人也是一样的。你跟着我，以后只会比现在更辛苦，甚至收入也不会有你想象中那么可观。”裴淞城转过头，二人间的距离一下近到不能再近。白桃可以看见裴淞城此刻苍白的唇色，卸去鲜艳的口红与精致的妆面，她眼前的裴淞城无疑是脆弱的，失去防备，心扉微敞。

“你会面对满嘴谎话的当事人；前言不搭后语，需要靠安眠药入睡的抑郁症患者；三个月前还恨得要杀人，三个月后却跟她的丈夫和好如初、如胶似漆的妻子；债台高筑、身无分文，带着个两岁孩子还毅然决然要离婚的孕妇……这些还只是第一步。如果你决定好了，以后真的要跟着我，那我会——”

“等等。”白桃忽然打断了裴淞城的话，“师父你等一下。”

裴淞城一怔：“怎么了？”

“我即将要答复你的，是一个很重要的决定对不对？”白桃认真地扶住裴淞城双肩，四目相对。

裴淞城点点头。

“好，那你等我回去好好想一想再给你答复。”

裴淞城差点笑出声来：“白桃，我还什么都没说……”

“你说完我就要做选择了，不是吗？”白桃抓着裴淞城的发尾，带一点潮气，但差不多干了，“而且我猜到你要说什么了。你先让我想想，好不好？”

她猜到了。无数个不眠的深夜，还有背后的那些往事。裴淞城既已决定对她露出自己脆弱的那一面，她又怎么能让裴淞城孤身回到黑暗之中。

白桃听见裴淞城轻轻叹了口气。

“好。”

5. 雾 凇

回到潞城是下午四点多的时候，白桃在超市停了一下，下车买了点时蔬和肉类。

“晚上我下厨吧。”她将菜放在后座，裴淞城点点头，吃晚饭的意思就是留宿了。白桃手艺很好，也很会收纳，家务技能满分，如果不是对方家就在潞城，她宁愿让人天天过来住。

炒三丝、青椒茄子、丝瓜蛋汤，都是家常菜。炒完菜白桃出了一身汗，裴淞城抽纸递给她，白桃一边分碗筷一边自然地低下头，裴淞城便笑着帮她擦去脸上的汗珠。

“师父喜欢吃茄子对不对？”

“嗯。”

“茄子可吸油了，师父再这样吃下去就会变成一个大胖子。”

裴凇城夹了一筷肉丝放进白桃碗里，闻言瞪她：“贫嘴。”

白桃捧着碗嘿嘿一笑：“实话嘛！”

人一吃饱就容易犯困，裴凇城在水池边洗碗，感觉头脑有些昏沉。家里规矩就是这样，一个人做饭另一个人就负责洗碗，白桃擦完桌子“蹬蹬蹬”跑进来，裴凇城正沥干碗里的水，将它们一个个归置进橱柜。

“师父我要答复你啦。”白桃说。

裴凇城本还有些困意，闻言一下子清醒过来。

“不管师父你接下来要对我说什么，我都会听完，然后相信你。因为我的答复是：我决定了，要一直做你的徒弟，直到我彻底能独当一面；或者是……你不要我的那一天。”

裴凇城下意识道：“我怎么会不要你？”

“那不就好了？”白桃语气轻快，神情自然。裴凇城觉得她简直像个小太阳，所有问题在她面前都不叫个事儿。

白桃泡了杯花茶，二人一起坐在客厅厚厚的地毯上，背后靠着沙发，狭小空间拉近了距离，也制造了无与伦比的安全感。

裴凇城不再抱着手臂，而是捧着茶杯，氤氲的水汽模糊了她的面容，也让她的声音飘渺了几分，听起来不太真切。

“我出生在东北。这么久过去，关于故乡的事早忘得差不多了，只记得冬天的树上会结雾凇，晶莹剔透，好看得很。因为工作，从我很小的时候，母亲就带着我全国各地到处跑，父亲留在老家，时间长了，他们的感情也淡了，婚姻也就走向名存实亡，暴力也开始降临……”

裴凇城掀开睡衣一角，侧腰上好几个被烟头烫出来的疤痕。

“有一天晚上我从睡梦中惊醒，发现他们又在吵架了。父亲拿着菜刀，母亲拿着板凳，在小院里大打出手。我害怕得要命，哪里睡得着，贴着墙角想溜出门去发小家避难。结果一开门，外面灯火通明。我这才发现，竟然有那么多人在围观……当时我很疑惑，为什么那么多人，没有一个站出来帮忙，没有一个能将我妈妈带离苦海。因为这看起来只是一场寻常的互殴，我父母第二天就能‘床头吵架床尾和’吗？”

“当时，这算得上我心里十大未解之谜之首了。我无法理解婚姻，也无法理解家庭。别的小朋友都过得很幸福的样子，为什么只有我，过得这么不如意……”

白桃嘴唇微动，显然是想说点什么。裴凇城笑了笑，摆摆手，没让她开口。

“我说这些不是为了让你同情我，这样的故事很常见，只是一个铺垫而已。后来我长大了，也释然了，为什么我不能成为那个将受害者拉出来的人呢？不能总指望别人站出来，那是一种道德上的绑架。

“我终于下定决心，要自己来做这个拯救者。

“可时间越长，我越是明白，我不是救苦救难的神明……我只是一个自私的人。这么多年反复做这一件事，不过是想从别人身上得到慰藉，好像我拯救了别人，就能让心中的遗憾、懊悔与怨恨消减一分。”

裴凇城抿了一口花茶，水雾里，笑意清浅，仿佛无声叹息。

“我恨的，是年幼无力的我自己。”

白桃心里一抽，隐隐的阵痛缠绵。

“其实我知道的，我都知道，一切都是于事无补……

“过去的永远无法挽回，人类也无法弥补过去，我不过是在找心理安慰罢了。

“但我忍不住。我好像陷在那个冬天的梦境里，家里坐着一个痛苦的女人，满面愁怨，等待一场解脱。”

窗外是白山黑水，树上挂着雾凇，晶莹剔透，美，且冰冷。

裴凇城拯救过很多人，帮助她们逃离一段段失败煎熬的婚姻。但没有人能拯救她，帮助她逃离那个寒冬的梦境。

“不是这样的。”

白桃忽然伸手抱住她，好像抱住了一整个世界那样用力。

“你没错。”白桃的额角抵在裴凇城耳边，“你没错。凇城，你不需要被拯救。”

这是她第一次这样喊她的名字。

“没有人能拯救你，除非你自己走出那个梦境。”

裴凇城的手机就放在茶几上，白桃拿起来，她知道裴凇城的密码，输入解锁，点开微信主页，更换头像。

她前几天给裴凇城发过一张图，一颗漂亮的煎蛋，乍一看好像一枚小太阳。

“太阳升起来，雪就会化了。”白桃笑眯眯的，给裴淞城展示自己擅作主张更换的新头像，“你也说过的不是吗？只有真正想要走出围城的人，我们才能帮助对方。既然这件事是你认为值得用一生去做的事，那就做下去吧。我会一直陪着你，不管你在哪里，在想什么，一回头，你就能看见我啦！”

裴淞城看着那颗煎蛋太阳，看了很久。身边是朝气蓬勃的女孩儿，仿佛只要一伸手，她就能抓住一个未来。

“这个煎蛋也挺好的。”裴淞城选择牵住白桃的手，“就这个吧。”

窗外的雪开始融化。

6. 云与海

裴淞城家里的东西越来越多。后来白桃发现，自己一个月住在裴淞城家里的天数要远远大于住在自己家里，终于决定还是搬过去算了，离律所够近，交通也方便。

搬家那天霍新安过来蹭饭，这家伙明明会做饭，看白桃在就懒得动，最后还是被裴淞城赶进厨房打下手。毕竟这个家里禁止吃白食。

白桃煲了一锅菌片鸡汤，最后几分钟盯着炉火准备起锅，霍新安跟裴淞城两个在外面一边摆碗筷一边闲聊。霍新安说：“主任可生气了，桃子蛮不错的一个新人，结果被你一直往偏路上带，还说所里的离婚律师有你一个就够了。”

裴淞城说：“他原话是这样？你没必要美化。他恨不得我立刻收手离开家事转去民商口吧。”

霍新安耸耸肩，意思到了就行。

“欸，”他想起什么似的，“时间真快啊，快一年了吧。桃子是不是要转正了？”

裴淞城点点头，没说话。

“她真愿意跟着你？实习期一过她可就自由了。”

“你一会儿可以当面问问她。”

“我有没有跟你说过，你这真不是一般的自信……”

“说过。还说我明明这么普通，却这么自信。”

霍新安无语：“你怎么这么记仇？简直了。”

“对啊。”裴淞城一笑，“我就是仗着白桃——咳，没什么。”

霍新安回头一看，原来白桃端着汤出来了。裴淞城在桌面放上垫板，白桃放下汤盆，连连追问：“你们刚刚在聊什么？”

霍新安：“聊你。”

裴淞城：“聊我。”

白桃：……

当面撒谎倒是也统一一下口径。

转正成执业律师这天裴淞城陪白桃去办手续，顺便去法院开个调查令。路上白桃想起她们的相遇，便问裴淞城一开始怎么想的，在她还是书记员那会儿是不是刻意找了个借口加她微信。

裴淞城说，当时确实电话联系就够了，但法院有多忙她也知道，如果不找个办法牵扯上点私人关系，只消一转眼，白桃肯定就将她抛之脑后了。

“我才不会呢！第一次见面你跟我说的话，我都是当真的。就算你不联系我，我也会去双桥找你。”

“这么说，第一次见面，你就愿意相信我了？”

“不行吗？”

路口红灯转绿。裴凇城笑着按下车窗，流动的风吹动她的头发，和眼里蕴藏的笑意“当然可以。”

明明是错季的产物，雾凇与白桃却能相遇，正如明明是遥不可及的天各一边，云与海却会相逢。她曾在冰天雪地中长久地等待一道暖光，自以为无人知晓，只能自救，却忘记太阳升起来，雪就会化了。

而当她一回头，她的小太阳正在身边看着她笑呢。

交通广播在放一首老歌，裴凇城忍不住跟着轻哼。白桃总说她五音不全，她倒是不以为意，想唱就唱。

她没有告诉白桃的是，第一次见面的时候，她就觉得那个女孩子的眼睛很美，雪一样干净，星一样柔和。

直到发现对方也在看她。

裴凇城忽然心情特别好，她挑起转向灯：“晚上吃什么？”

白桃在她身边看手机：“不知道……一会儿去超市转转吧。”

“一起？”

“一起。”

……………………

沈女士似乎又收获新妹妹了，

两个人站在一起的画面真美好啊……

……………………

MISS

绯闻体质
新晋小花
×
温柔美貌
优质偶像

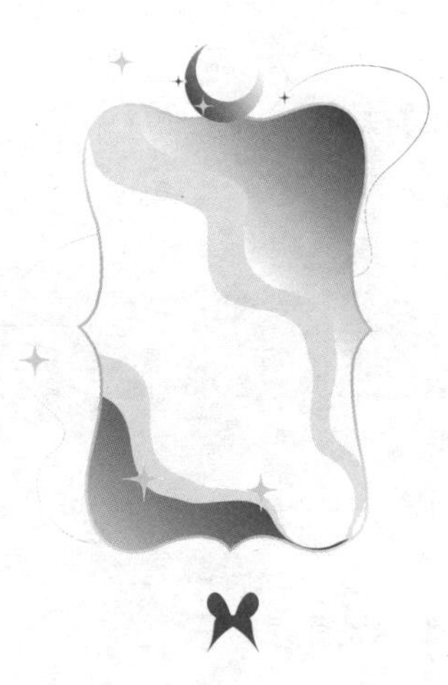

绯闻体质

GOSSIP CONSTITUTION

绯闻体质

GOSSIP CONSTITUTION

文/司礼监秉笔背包叔

活得固执而新鲜

①

周初蒙最近可谓春风得意——

前脚刚拿到今年的新人奖，后脚就被邀请参加偶像运动会，各种综艺和采访的邀请纷至沓来，不少制片人也都抛来了橄榄枝。

就算是这样，她也并不是完全没有烦恼。

从大二起就泡在剧组的她，大大小小的角色演了个遍，拿了新人奖后也称得上是有作品的女人了，然而比起作品，普通人似乎对于她的绯闻更加熟悉。从她敬重的叔叔辈影帝到童星出身的超人气偶像，凡是跟她合作过的男明星，几乎没有人能逃脱与她传绯闻的宿命。

她知道在娱乐圈没有人可以完全躲开被编排绯闻的命运，只是不知道为什么她在这方面尤为“引人注目”。

周初蒙发誓，她真的只是很寻常地在拍戏而已。她既没有借着对戏的机会深夜给影帝送礼，也没有趁着休息的时间给超人气偶像暗送秋波，但八卦记者就是有办法从她认真且专注的拍戏过程里找到那些可供指摘的东西。

周初蒙现在躺在主办方提供的酒店里一动不动。

“女儿，这次偶像运动会离男人们远一点，能跑多远就跑多远，妈妈已经吵不动了。”这是她私信里上万条善意规劝里极为普通也极具代表性的一条。

周初蒙笑出声来，举着手机看着留言，抬起左手，食指与中指并拢抵在额头：“遵命。”她含着笑字正腔圆地承诺着。

偶像运动会的重点当然不在于运动，而在于偶像。偌大的场馆分区域被粉丝们占领，这边一片红，那边一片橙，看着是五彩缤纷的一片。其中最卖力的自然是当红男团与女团的粉丝，而周初蒙这种演员的粉丝就相对低调多了，只在角落里圈了一小片地盘举着不太醒目的手幅，偶尔为她加油。

周初蒙一眼就看到自己的手幅，正开心地一边挥手一边往后退，忽然瞥到右手边有个人，差一点就要撞上了。她微微转头发现是今年刚出道的人气男偶像，心里一惊，连忙往左边挪，一个没站稳，狠狠踩在了左边人的鞋子上。

“啊。”左边的女生发出短促的痛呼。

慌张的周初蒙赶紧抬起脚，但身体瞬间失去了平衡，眼看就要往后倒，左边的女生见状赶紧拉住了她的手腕，另一只手扶着她的后背往自己身上带了带。

身体晃动了一会后终于站稳了，周初蒙扶着对方的胳膊缓了缓呼吸，对方也顺势放开她的手腕，笑着开了口，声音有点哑，但柔柔的："小心点。"

周初蒙抬头，眼前是个留着长卷发的女生，比她略高些，穿着紫色的运动服，长相偏冷，但笑起来又很明媚。

不认识。这是周初蒙盯着人家看了三秒之后得出的结论。

见对方一直看着自己，周初蒙赶紧道了谢，然后往后退，这次她很小心地观察着周围，没有再撞上任何人。正巧同公司的另一位演员姐姐也慢悠悠地走过来跟她聊天，她就指了指前面正在将长卷发扎成马尾的女生问道："你认识她吗？"

演员姐姐看着女生背后贴着的名牌："沈语啊。Ninever，你听过吗？一个挺红的唱跳女团，三年前解散了，她之前在里面是舞蹈担当。"

跳舞的啊，难怪那么有力气。

周初蒙暗暗想着。

这时周初蒙的大学同学，也是某热播剧男二笑着走过来准备跟她们打招呼，周初蒙赶紧躲在演员姐姐身后："走远点走远点，别跟我说话。"

男同学看着周初蒙如同躲避瘟疫一样的态度，无语地叉着腰和周初蒙对峙："以前抄我作业的时候就叫我好哥哥，现在用不着我了就急着赶人啊。"

懒得解释的周初蒙继续躲人："下次请你吃饭好了吧，别站在这里跟我说话了。"

但被如此嫌弃的男同学哪肯善罢甘休，当场追着人玩起了"抓人"游戏，周初蒙被迫绕场跑了一会，看着满场的长枪短炮暗叫不好。

果然。

运动会刚结束她就看到她被男同学追着跑的图片传了满网，再翻一翻评论，看得那叫一个郁闷。

凄风苦雨的周初蒙坐在保姆车生无可恋，而和她一同回公司的演员姐姐倒是神采奕奕，刷着微博毫不走心地附和着周初蒙，看起来并不是很在意她的郁闷。

但是没过多久她转过手机屏幕问周初蒙："你什么时候跟沈语有联系了？"

本来仰躺着的周初蒙往姐姐这边靠了一下，屏幕上正是沈语扶着她，她搭着沈语胳膊的图片，本来挺正常的互动被这么一放大，再一定格，不知道为什么看起来似乎有点……过分亲密了？

看了好一会后，周初蒙抬手接过姐姐的手机往后继续滑了几张：她的惊慌、沈语的体贴；她的感激、沈语的温柔，这一切放在一起意外地和谐且唯美。

"嗯……"她又划上去看了一下博主的文案，"她在说什么？'沈女士似乎又收获新妹妹了，两个人站在一起的画面真美好啊。'"

什么叫"又"？

周初蒙坐回自己的位置，开始在微博搜索这个名字——

沈语。

这个女人相关词条里的名字很多，比如什么林奕、胡楠、杨姝洁……有些是周初蒙熟悉的女演员，有些是听过但不认识的女偶像。但是等她挨个点进去查看之后，她心里那个隐约的猜测被证实了。

沈语和她一样，是个无论做什么都会被过度解读的女人，但不同的是，沈语没有那么多异性绯闻对象，只有营销号里层出不穷的“好妹妹”。

握着手机，周初蒙的眼睛亮了。

2

沈语回到公司后被经纪人拖着开了会，从三年前 Ninever 女团解散到现在，公司给沈语规划的路线一直都是演员和歌手，不过都效果平平。好在公司养的练习生足够多，这次选了一些比较出挑的打算做集中训练，下半年大概就会以新女团的形式推出。

沈语以前在女团当过队长，也是娱乐圈里出了名的舞跳得好，所以公司希望沈语有空能带一带新人，她也好脾气地答应了。经纪人还在跟她讲行程，沈语见朋友给她发了微信，就一边听经纪人絮叨一边打开微信，是之前在综艺里认识的艺人姐姐。

姐姐：“今天我在运动会上看到你了，但我们不同项目，就没去跟你打招呼。”

今天会场里的人实在太多了，沈语根本没有注意到对方，于是连忙道歉："不好意思啊姐姐，我都没看到你。"

寒暄了一会后，姐姐说到了正题："不知道你最近忙不忙，我公司有个妹妹要去某选秀节目当飞行嘉宾，但是对跳舞一窍不通，我就想起你了，抽几个小时指导一下就行。"

忙倒是不忙，可是让她去教一个不认识的演员跳舞，听起来就挺麻烦的。

沈语犹豫了一下，最终还是答应了下来，姐姐很快就推了个微信过来，似乎是个头像很可爱的妹妹。对方没有过多地寒暄，而是爽快地抛出了几个时间让沈语来决定。这时经纪人刚好也把新人们的训练时间发过来了，沈语权衡了一下就选择了周四的晚上——下午给新人们上完课，休息下正好可以给不认识的演员妹妹做个辅导。

安排好一切后沈语伸了个懒腰，盘腿坐在椅子上双手抵着桌子用力一推，椅子慢悠悠地往后退，长卷发顺着她的动作不规矩地晃了晃，呈现出一种散漫的天真。

到了周四，沈语原本的计划是5点结束新人培训，出去吃个饭，6点回练习室等演员妹妹来上课。结果5点半的时候，她的米线刚上桌就收到了演员妹妹的微信："我到后门啦，你能不能过来接我一下。"

沈语看了看米线，又看了看微信，果断站起来选择了打包，然后拎着米线一路小跑回了公司。

虽然已经是10月了，但天气还是相当地热，沈语跑回公司就湿了后背，远远看到后门口站着一个穿着白短袖的女孩，正戴着口罩在张望着什么。

沈语又小跑了两步，上前拍了拍女孩：“是，周初蒙吗？”

周初蒙把口罩摘了：“沈语你好呀。”

这时沈语才发现自己的“学生”原来是那天在运动会不小心踩到自己的女孩，周初蒙推着人就要往前走：“快开门快开门，我要热死了。”

沈语刚踉踉跄跄地掏出门卡，手里的米线就被周初蒙接了过去：“这家米线我也喜欢，可以分一半给我吗？”

我的学生自来熟怎么办？

周初蒙捧着小碗把自己那份米线吃完后又咬着筷子眼巴巴地看着对方，沈语只能又分给她了一些，这次吃完周初蒙才觉得精神了一点，从包里拿出毛巾给自己擦了擦额头，折了折，又贴着沈语的脖子替她擦了擦汗。

吓了一跳的沈语赶紧接过毛巾：“我自己来吧。”

周初蒙也没坚持，她站起身歪歪扭扭地打了个哈欠，开始做简单的热身运动，女孩个高腿长肢体柔软，做起热身动作来十分流畅，倒不像一个没有舞蹈基础的人。沈语看着她的动作，这才想起来问：“我记得你们公司的苏铭也会跳舞，怎么不让他教？”

背对着沈语的周初蒙继续压腿：“别提了，上次跟他合作了一个公益项目，他女朋友就已经很不开心了，我可不想和他再有什么瓜葛。”

沈语吃完最后一口米线，正擦嘴，压完腿的周初蒙转过身，笑眯眯地蹲在她身边："绯闻体质，你能理解吧，我也不想的。"

沈语低头瞄了她一眼，继续擦嘴，周初蒙拉着她的衣服摇晃起来："所以只能拜托你啦。"

大概是周初蒙的表情太可爱了，沈语温温柔柔地笑起来："嗯，我来教的话，你就不会传绯闻了，只是我又要多一个妹妹了。"

周初蒙得意地挑眉："哈哈哈，我这样的妹妹不可爱吗？"

两个人笑了一会，周初蒙掏出手机给沈语看了她将要在选秀节目里表演的舞蹈，大概是为了迁就不会跳舞的周初蒙，这个舞蹈的动作很简单，只是走位稍微复杂一点。

经验丰富的沈语很快将整支舞分为了三个部分，并拉来了练习室的黑板，很用心地给周初蒙讲解了动作要点和走位路线，然后站起身准备给人示范一下。

周初蒙也赶紧起身，跟着沈语走到舞台中央，刚刚还温温柔柔笑着的沈语敛起笑容，换上更加舒展的神态，微微侧头看向周初蒙："先别急着做，看我演示一遍。"

说完又笑着把她拉近了一点："你先来充当一下我的男伴。"

当音乐声在练习室响起来时，沈语转过头猛地抬起胳膊摆出准备姿态，连眼神都变得与平时不同。周初蒙想看向镜子里的人，但沈语忽然转身面向她，冲着周初蒙柔美地笑了笑，一下子吸引了周初蒙所有的目光。

沈语的个子比她还要高些，伸出胳膊的动作十分优雅，虽然眼神魅惑勾人，动作却敏捷精准，哪怕周初蒙是个绝对的外行，也不由得被沈语的每一个动作所吸引，目不转睛地看完了这一整支舞蹈。

从不追星的她看着沈语在音乐停止的瞬间定格在了一个漂亮的 ending pose 上，心里也免不了发出好多句赞叹：不愧是前女团的成员啊。

所以当沈语关掉音乐转身准备问周初蒙感受时，看到的就是周初蒙愣愣的表情。

“怎么了？”沈语问。

周初蒙回过神来，赶紧说：“没什么，我只是感慨幸好是你来教我。”说完忽然像打了鸡血一样跃跃欲试了起来：“来吧来吧，我已经准备好了。”

沈语看着在原地挥拳的周初蒙，无声地笑了。

由于舞蹈不难，再加上周初蒙长期拍戏练出的超强记忆力，沈语预计要花三四个小时的舞蹈，她只用了两个多小时就完全记住了。

虽然“记住了”和“跳得好”这两个词之间尚有一道无法逾越的鸿沟，但这并不妨碍周初蒙把尾巴翘到天上去。她兴致勃勃地让沈语给自己录像，说是要发在朋友圈里让大家大惊失色。

“大惊失色是这么用的吗？”周初蒙问沈语。

沈语接过手机：“应该用惊为天人吧。”

好吧，反正也不重要。

周初蒙兴致勃勃地发了朋友圈，并逼着沈语第一个点了赞，顺便第一个发表评论："我教的。"

没想到接下来的评论基本都在围着沈语打转，什么"沈语你被绑架了就眨眨眼""沈语这钱赚得不容易啊""这是沈语人生的第一个污点"……

唯一一条关于周初蒙舞蹈的评论来自她的圈外好友："什么时候装的义肢啊，感觉不太灵活？"

反正没一条她爱看的。

周初蒙懒散地背起包跟在沈语后面走，去往公司后门要穿过一条长长的走廊，长廊的灯不太亮，正好应合了周初蒙暗淡的心情。沈语也感受到了她的失落，于是轻声安慰她："其实很正常，很多人第一次跳舞都是这样，动作都会了，但跳起来并不好看。"

周初蒙问她："那你从开始学跳舞到被称赞花了多久啊？"

沈语将门打开："1 年，其实我 17 岁才开始学习舞蹈，但我不想错过那个出道的机会。"

看了一眼已经被推开的门，周初蒙没有选择往外走，而是站在沈语对面抬头看她，表情异常认真："那你一定很努力。"17 岁才开始学习舞蹈，却可以成为被娱乐圈一致认可的舞者，沈语这一路走来的艰难可以想象。

但沈语浅笑了下，没有说什么。

门已经开了很久周初蒙却没有出去的意思，半晌后她抬起右手似乎是要去推门，但没想到她的右手最后落到了沈语的脖颈上——她踮起脚将右手放在了沈语的脖子后面，左手抱着她的腰肢贴上了上去。

“辛苦了辛苦了。”她拍了拍沈语的后背，下巴搁在沈语的肩膀上，“下次我可以再来找你学习吗？我给你带欧包，我知道一家奶茶店的欧包超好吃。”

周初蒙很瘦，但整个人都热热的，窝在沈语怀里像一只活泼的兔子。沈语思索了一会，将一直撑着门的手收回来，贴着周初蒙的后背抚了抚：“可以啊，随时都欢迎你。”

门悄无声息地关上了，但两个人在微弱廊灯下的拥抱却并不显得突兀。

因为花了很多时间练习，所以周初蒙最终在节目上呈现的舞蹈虽然不算惊艳，但至少没有拖后腿，甚至在节目播出后还因为舞台上的表情丰富生动收获了不少关注。

当然她的绯闻体质还是准时生效，给她惹了一些小麻烦，但周初蒙完全没有在意，而是立刻将自己的表演发给了沈语，翘首以待专业人士的夸奖。

但令人失落的是，沈语隔了很久都没回复，这令周初蒙原本喜悦的心情略微蒙尘——

她好像有些过于期待沈语对自己的评价了。

过了好久，久到周初蒙都完成工作回到住所了，沈语的回复终于发了过来：“跳得很好，一定花了不少时间练习吧。”

如果沈语的这份回应是及时的，那周初蒙大概会兴致勃勃地告诉她自己这些日子有多努力，多用心，这份夸奖对自己多重要。但此时的周初蒙已经失去了这个兴趣，她躺倒在沙发上，看着吊顶灯晕开的灯光，慢慢睡着了。

3

接下来的一段时间周初蒙都太忙了，有时候深夜坐在保姆车里转场的时候，被路边的街灯照着，迷迷蒙蒙的昏黄灯光很容易让她想起自己抱着沈语说会给她带欧包的场景，可是这个念头总是一闪而过。周初蒙不知道沈语记得不记得这个承诺，也不知道自己什么时候才能兑现它。

就在周初蒙快要忘记这件事的时候，她又见到了沈语，在一个制片人组的饭局上。

这位制片人以前在戏剧学院当老师，后来出来做制片人，周初蒙的第一部片子就是他推荐的，算是周初蒙的恩师，所以他组局，周初蒙还是礼貌性地去了。

只是没想到她会在这个局上遇到沈语。

沈语比她到得早，已经入座了，见她进来后露出一个熟悉的笑容，小声用口语问："要过来坐吗？"

周初蒙没多想就答应了，绕着桌子走了一圈，到沈语身边坐下，这时沈语凑到耳边问她："你最近好像很忙？"

明明是很平常的一句寒暄，但不知道为什么周初蒙却听出了对方的一丝委屈："你怎么不来找我？"

明明是你没有把我当朋友吧，信息回得慢，也不主动找我。

但如果这么说，感觉自己太小气了，所以周初蒙脑子里百转千回后，嘴上却脱口而出了一句："没你忙。"

救命，语气好酸。

沈语也意识到了，她声音本就比普通女生低，如果轻笑的话会带有很明显的起伏音，所以她一笑周初蒙就听到了，耳朵立刻通红。

“对不起，那天我在录一个综艺，整整 20 个小时，结束后才拿到手机。”沈语说话的时候没有看她，只是手指轻轻点了点周初蒙的大腿，像是在撒娇，“我不是在解释，是我的错。”

周初蒙用手掌抚过刚刚沈语轻点的地方，没说话。

这下沈语才转过脸，微微压低身子，从下往上地看她：“所以我还可以吃到欧包吗？”

可以吗？

周初蒙低垂着眼睛，也学她用手指点了点对方的大腿，然后画了一个圈。

饭局上除了周初蒙和沈语，还有好几个其他公司的年轻艺人，大家年纪相近，所以气氛并不尴尬。吃了一会儿制片人才说他最近在筹备一部青春歌舞片，跟大家的经纪公司也都接洽过了，现在就看各位的意向了。

周初蒙和沈语不由自主地对视了一眼，似乎都有点奇怪。青春歌舞片？她们俩一个不会演戏，一个不会跳舞，这不合适吧。

但周初蒙想了想，慢慢朝沈语靠过去，把头搁在沈语的肩膀上，小声说：“看来我得快点去买欧包啦。”沈语被她逗笑，捏了捏她的手腕。

饭局结束后制片人本来说要给两个女生叫车，但沈语拒绝了，她说自己开了车来，周初蒙也顺势说有沈语送她就行了。这时一个跟在后面的男生也打趣说："那要不也送送我？"

沈语回头，刚说话的是她的旧识，以前一起学过跳舞，不过对方后来转型去做演员了，两个人的联系并不多。沈语也打趣："只要你女朋友不介意就行啊。"

众人互相调侃了一会就分开了，周初蒙跟着沈语往停车场走，还很是羡慕："真好，我要是和男孩子这样聊天，估计又有绯闻了。"

沈语转头看她："你要这样想，是因为你足够有魅力，才会让别人觉得男生都会爱上你。"

安慰得有些俗套，但不妨碍周初蒙听到这句话后喜笑颜开。

她猛地从背后抱着沈语，语气做作地说："沈语姐姐，难怪你的'新妹妹'层出不穷，你真的很会安慰女孩子。"

"其实不是这个原因……不过不重要，你坐后面还是副驾驶？"沈语问她。

周初蒙理所当然地说："我当然要坐副驾驶啊，我要是坐后面，不就显得你像个司机？"

好有道理的样子。沈语闷笑着给周初蒙拉开车门，然后绕过车头坐进驾驶座里。

刚刚在饭局上周初蒙喝了两杯红酒，走路的时候没什么感觉，但坐进车里没一会就变得迷迷糊糊起来，但她始终觉得这样睡着太不礼貌了，所以一直强撑着跟沈语聊天，只是两人对话的节奏越来越慢，她觉得沈语的声音在逐渐变小，好像连音响的声音也越来越轻……

等周初蒙醒来时，她还在车里，冷气呼呼地吹着，不过她也没觉得冷，直到她动了动，一件衣服从她身上滑落，这才意识到自己刚睡着了，沈语还拿了衣服给她盖。

车里的其他灯光都关上了，只剩下头顶的呼吸灯还亮着，沈语还特意停在了一个光线比较暗的角落。周初蒙皱着眉透过玻璃看了看外面，是在她的小区里，沈语只是没叫醒她。

驾驶座里的沈语也睡着了，手机屏幕还亮着，好像是刚刚才睡着，她脸朝向周初蒙这边安安静静地睡着，长卷发遮住了半边脸，却让她显得更漂亮了。

其实从第一次见面周初蒙就想说了，沈语这个人也太好看了吧，是那种会被表演课老师批评“长得过分出色反而无法出演很多角色”的类型。

周初蒙撑着脑袋看了她一会，偷偷拍了一张她的睡颜，然后悄悄下了车回了家。回家之后她给沈语打了电话，把人叫醒，直到她从楼上看到沈语的车灯亮起然后驶离小区之后，才把那张睡颜照通过微信发了过去。

“你睡着了更可爱。”周初蒙说。

沈语又是半天没回。

周初蒙：“又录综艺去了？”

沈语说：“害羞，不知道回什么。”

哈哈大笑的周初蒙跳回床上，滚了好几圈才消停。

第二天一早经纪人就打电话过来问周初蒙对歌舞青春片的意

向，周初蒙说公司觉得 OK 的话她没有意见。经纪人又絮絮叨叨了一会才挂，但周初蒙已经睡不着了，于是她又拨了一个电话给沈语，对方显然是刚醒，声音哑得很。

“你想不想演戏啊？”周初蒙问。

沈语的呼吸声忽然平缓了很多，过了一会才说：“其实我有兴趣的，但不知道能不能做好。”

知道沈语不抵触演戏后周初蒙就放心了，她仰面躺好，笑眯眯地说：“那我下午去找你可以吗？你教我跳舞，我教你演戏。”

沈语轻轻柔柔地嗯了一声，紧接着就笑起来，非常非常轻，但非常非常苏。

周初蒙耳朵又红了，匆忙挂断电话，扭头抱着枕头又睡了起来。

正当她陷入美妙的回笼觉时，一个崭新的乌龙“绯闻”悄悄出现在了热搜榜上，视频里周初蒙坐在副驾驶专心看着驾驶座的人，还偷偷拿手机拍下对方的睡颜，然后小心地推门下了车。虽然没有拍到对方是谁，但周初蒙脸上全程都挂着甜甜的笑，哪怕让她自己看估计都无法否认这个笑容里那种按耐不住的心情。

真不愧是周初蒙，绯闻体质名不虚传。

只是不知道沈语发现自己被迫成为周初蒙的“绯闻男友”时，又会是什么心情呢？

『Est-ce ton petit am（那是你的男朋友吗）？』

『Non, c'est ma meilleure amie（不是，是我的知己）.』

MISS
MISS

傲娇别扭
小花旦

×

温柔包容
设计师

故人归晚

BELATED REUNION

故人归晚

A BELATED REUNION

文 / 昱 彦

十四亿分之一，很高兴认识你

欢迎到 LOFTER 找我玩 @ 昱彦

1

江堃的名字，是她爷爷起的。

她爷爷是二十世纪二三十年代平城里红极一时的角儿，人人见了都要笑着唤一句“江老板”。那时候的平城热闹得很，虽然政局动荡，却也给了文化发展最好的机会。东西方的文化在这座历经百年风雨的城内碰撞、交融，戏曲也迎来了一个盛世。

后来，她爷爷带着一家老小来到了香城，在寸土寸金的香城安家，望着深河过了后半辈子。

1986 年 7 月 1 日，江堃出生。她的父亲是爷爷最小的儿子，抱着她来到爷爷面前，让爷爷为她起个名字。她的爷爷看着窗外，望向那条窄窄的深河，看了很久，才说，叫江堃吧。

江堃江堃，两方土地，合二为一。

江堃对她传奇一样的爷爷最深刻的印象，便是他坐在二楼窗前的那把扶手椅上，没完没了地抽着烟，沉默地看着深河还有那一河之隔的彼岸。

爷爷总是孤单的。江堃从没见过自己的奶奶，父亲说奶奶很早就去世了，连他也没有什么印象，可爷爷却始终没有再娶，就这样自己一个人过了好多年。

江堃长大之后才知道，爷爷为什么总是在看深河，为什么对回去有那样深的执念，那不只是一份对过往岁月的怀念，还是对一段情谊的追思与执着。

但这是江堃长大之后的事情，我们暂且不提。

江家祖上就是梨园世家，在四大徽班中独占一家，祖辈中也算出了几个有名的角儿。可到了江堃父亲那一辈，兄弟几个都忙着在鱼龙混杂的香城生意场打拼，再也没有人想要继承这份吃力不吃香的手艺。江堃的爷爷也只是叹了口气，什么都没说，像每一个年老而又跟不上时代变化的父亲那样，任凭儿子们去选择自己的人生，无言地守着那些早已过时了的物件与本领。

只有江堃不一样，她打小就跟着爷爷，从早到晚地泡在戏院里看戏，像个小尾巴，怎么也甩不掉。戏曲在这个飞速发展的时代里，早已成了过时的玩意儿，曾经剧目表上排得满满当当的粤剧、京剧、昆曲戏目，如今也大半换成了从西方传过来的、更为新奇的、更讨年轻人欢喜的舞台剧与歌剧。

但总归也是有那些传统戏曲的排期的。

江堃那时还很小，身高不到一米二，进戏院是不需要买票的。能容纳几千人的大戏院每到此时，只有零零散散的一些人坐在台下，和爷爷一样，守着那段过往的岁月不放。那时候的时光静谧无声，江堃仰望着那古朴的戏台，看台上一个个祝英台、林黛玉、杨贵妃粉墨登场，她看得入迷，半天的光阴就在那一声声婉转悠扬的戏腔中倏忽而过。

爷爷问她想不想学，她点了点头，说好。

父亲什么也没说，或许是看爷爷已经年迈，让老人家开心没什么不好，又或许是以为江堃的同意只是小孩子的一时兴起，坚持不了多久。总之，他没有阻拦。

爷爷看江堃身材瘦弱又眉目清秀，就有心要她去学花旦，刚开始的好几年都很苦，一大早就起来练功夫，爷爷就在旁边坐着，泡一杯茶，在东方刚刚吐出鱼肚白的天幕下看小江堃练功夫。七八年下来，她也算练得有模有样。

江堃十六岁那年，爷爷去世了。

她和父亲按爷爷的遗愿，要把爷爷安葬在平城附近。

那是江堃第一次回到平城。

2

江家的老宅依旧还在，只不过这么多年没人打理，院子里早已是荒草丛生，那些当时被留下的家具也大都老旧且布满灰尘，绝对是不能住人的。江堃的父亲叹了口气，打了个电话去订酒店。

那是江堃第一次遇见虞晚归。

少女穿着简单的棉布旗袍，一头黑发如丝绸般披散开，整个人被灿烂的阳光打上金边，夺目好看。她生着一双多情的桃花眼，左眼下就是一点泪痣，站在古朴四合院的大门口，隔着一道门槛，望着江堃，柔柔地笑着。江堃看着她，突然就想起来那句戏词："眉梢眼角藏秀气，声音笑貌露温柔。"

江堃以前从不信人间会有什么柔情女子，那不过是小说家们为了渲染罗曼蒂克氛围而捏造的形象罢了。可此时，她看着面前的少女——春色迷人，面前的少女比那春色还要艳丽几分，她才终于相信，那些古代戏本中提到的，近现代小说家们一次又一次不厌其烦地写下的，那样动人的女子，确实存在。

少女问她："这宅子是原来平城一位顶有名的角儿的，只是后来那角儿去了香城，宅子也就荒废了下来。你是他的后人？"

江堃不知道应该如何答话，就先沉默下来，打算思量片刻后再开口。少女见她不说话，以为是被自己冒犯到了，便带着歉意地笑笑："我家就在这旁边，我祖父和那位角儿有段交情，到死也在念叨，所以听到这边有动静，就想着来看看，一时间失了分寸。刚刚是我唐突了，一见面就查您的户口，实在是失礼。"

少女的眼睛很亮，笑起来有浅浅的酒窝，江堃见了她便心生好感，又何来"冒犯"二字可言。她笑盈盈地伸出了手："我叫江堃，初次见面，多多关照。"

少女也笑着回握她的手："虞归晚，很高兴认识您。"

这是她们的第一次碰面。这一年，江堃十五岁，虞归晚十八岁，她们都正值一生中最美好的年华，两个少女相逢一笑，余生数十年的漫长故事就此落笔。

江堃的父亲打完电话走到老宅门口，正打算叫上江堃一同前往酒店，他还没张嘴，便看见两个年龄差不多的小姑娘隔着矮矮一道门槛在攀谈，外头的那小姑娘不知说了句什么，他的宝贝女儿笑得花枝乱颤。

他什么也没说，春光正好，带着暖意与花香的春风吹过，吹过老旧的城区，吹过古朴的四合院。他点了支烟，隔着烟雾望向眼前的两个年轻的小人儿，恍惚间想起来好多年前，好像也是在这个地方，自己看到过相似的场景，只不过换了对主角罢了。

江堃后来向父亲说起虞归晚的名字，父亲便笑起来："虞家的人啊，那就对了。"

父亲耐心地向江堃解释："你爷爷刚在平城红起来的那阵，人人都追捧他，各大报刊上夸赞他的话层出不穷。虞家是江南那边累世的裁缝人家，手下不知道有多少手艺精巧的绣工，方才那位虞小姐的祖父称得上是当时全中国手艺最好的一位了，那位老先生又恰巧是个戏迷，在这方面大有研究。一次，他去看了你爷爷的一出戏，那出戏按理说是很不错的，可这位虞老先生看出了点儿小瑕疵，就洋洋洒洒地给你爷爷写了几千字的信发表意见。过了几天，这位虞老先生又去看了那出戏，便发现你爷爷照着他的意思一一做了修改。

"两个人的情谊就这样结下。你爷爷是个挑剔的人，尤其在戏服上，多少钱都舍得花。再后来，你爷爷每每要做戏服，都是虞老先生亲自出手，其他什么生意都赶不上你爷爷的戏服重要，他老人家的手艺自然是没得挑的。

"虞老先生好像要先你爷爷一步走，我记得是几年前就去世了，你爷爷之前一直念叨着回来送他最后一程……"

在那个动荡的年代，他们一个是平城的名旦，一个是出名的富商，两个年轻人都是风华正茂的年纪，带着一身的傲骨在这烟火人间相遇。这只不过是他们两个恰好相逢，其中一个为对方奉上了十足的瞩目与关切，另一位就捧出十分的真心去回应。

在那个乱世里，能有这样的知己好友，在多年后的江堃看来，是浪漫的。

于是她突然就理解了自己为何会有这样的名字，也懂得了爷爷为何会对平城有着那样的执着。

人间匆匆又是百年，一条窄窄的深河终于再也阻隔不了他们，这对久别重逢的老友终于可以温上一壶好酒，在这暖意醺人的春光里畅谈一番了。

3

江堃没跟父亲一起回香城。

她爱戏曲，十几年来她唯一一次这样浓烈地喜欢上，或者说爱上什么东西，就是戏曲。那些仔细扮上的妆容，悠扬婉转的唱腔，乃至于精美繁复的戏服，全都让她沉迷。

她在香城找不到好的戏曲大家，所以才想趁这个机会回到平城，回到那个曾在烽火乱世里目睹了最后一场梨园盛世的老城。

江堃的父亲宠她，就像江堃的爷爷对他年轻时一颗闯荡商界的心无计可施一样，他如今也对执着于一个唱腔、一句戏词、一件戏服的女儿无计可施。

江堃那年十五岁，正巧赶在高中升学的当口，几乎没有什么悬念地去了戏曲学院的附中。她一个人住在老宅，父亲本来是不放心的，但不知道虞归晚同他讲了些什么，两人谈完后，他那份担忧也就去了大半。

房子很大很空，但江堃不觉得害怕。

虞归晚毫无疑问地成了她的邻居。江堃的习惯是早上五点起床，练练功夫，吊吊嗓子，虞归晚是她最安静的看客。江堃早上五点出现在院子里，虞归晚就会在五点十分坐在老宅的门槛上，拿着纸与笔，安安静静地什么也不说。

江堃后来才知道，原来虞晚归每天都在画她，画她的人物速写，她练多长时间，虞归晚就画多长时间。从春天画到冬天，一年又一年。

虞归晚要比江堃大三岁，江堃高一的时候，她正巧大一。一个刚刚迈入紧张有序的学业，一个方才步入更为轻松的学习阶段。虞归晚习惯下课之后在学校多待一会儿，研究她祖父留下的那些戏服的设计稿，偶尔也动手缝制一件；江堃则习惯晚上再练练白天新学的戏腔与动作。一来二去，虞晚归就提议晚上接江堃回家。

慢慢地这就成了习惯，虞归晚开始稍微早走那么一会儿，去附中的门口等那个头发长长眉眼温柔的小姑娘。小姑娘会背着书包一蹦一跳地从学校跑出来，偶尔用花旦灵动的眼神看着虞归晚，一时兴起还会再借一句戏词调戏她：“好个俊俏的小生哟。”

虞归晚比她稍高一点，总会在这个时候伸出手揉揉她的头发，笑着嗔她又来拿自己寻开心。

春天、夏天和秋天的夜晚，虞归晚习惯打开车窗，任微风把披散着的头发吹起来，让江堃去感受微凉的晚风；到了冬天，她会在接江堃之前去买上一杯热奶茶或是咖啡，把车里的暖气开足，然后把大冬天还要为了好看穿得单薄的小姑娘一把抱进车里。

一次，江堃在归家的路上问虞归晚：“虞归晚，虞归晚，你为什么叫这个名字呢？”

虞归晚笑着说：“我出生的时候，父亲在国外出差，来不及回家，于是就为我取名归晚，同音余归晚，告诉我母亲他回来晚了。”

江堃说：“这名字很浪漫。”

彼时外面一片黏稠且无声的夜色，虞归晚看着江堃，揶揄道：“我只为你一个人归晚。”

江堃望着眼前似笑非笑的少女，愣愣地看了半天，说不出话来。

虞归晚笑了几声，启动了车子，揉了揉江堃的头发，道：“我同你说句玩笑话，你怎么还愣住了？”

江堃这才回过神来，不知道该说些什么好，只能尴尬地笑笑，全当是回应。

虞归晚也没再揪着这句玩笑话不放，打开车窗，伴着微凉的夜风和江堃闲聊，聊的东西很杂也很多。江堃听着听着就觉得虞归晚的声音渐渐小了下来，她想开口回应句什么，但眼皮好像在打架，还来不及说话就被拽进梦乡。

周围似乎都安静了下来，虞归晚停下车子，为她盖上一条薄薄的毯子，然后伸出手轻轻地给她掖好，那触觉真实又梦幻，让她分不清是梦境还是现实。

她醒来的时候虞归晚仍含笑坐在她旁边，见她睁眼，温声道：

“到家了。”

她揉了揉眼睛，迷迷糊糊地拽起书包就下了车，走到一半才后知后觉地转过身来跟虞归晚挥了挥手，当作告别，然后就走进老旧的宅院之中。

她不知道的是，虞归晚在她身后站了很久很久，在她挥过手转身归家之后送上一个无人注意也无人回应的飞吻，低声说道：“小家伙，晚安。”

4.

江堃不知道该怎样形容时光流逝之快，她很快就升入高三。上午是文化课，下午和晚上全是专业课，她的专业课成绩不算差，甚至在她这一届都是数一数二的——毕竟是曾经平城的名旦带着打下的基础。

艺考将至，本身江堃平常的训练就已经是很刻苦的了，这段时间就更是格外废寝忘食起来。虞归晚也陪着加训，但江堃从没见她有任何的不满。江堃和老师关系好，就申请晚上放学之后多用一会儿练功房，老师自然不会反对。这个时候虞归晚就安安静静地在旁边坐着，拿着素描本在画画，她画了很多，满满一大本都是江堃的模样，清早在四合院里练功的、扮上妆唱戏的、安安静静地写作业的……很多很多，江堃从来都不知道。江堃曾经对她手中的素描本好奇过，并提出要看，虞归晚总是拒绝，时间久了江堃也不问了，随她去画。

江堃作为唱戏的人，本来就不胖，身材苗条得很，最近备考，格外忙碌，更是瘦了不少。虞归晚画了半天，直到江堃收了行头才停笔，淡淡道：“下回该让你演个杨贵妃。”

江堃愣了半天没反应过来，只发出一个单调的音节：“啊？”

虞归晚没再说话，两个人只是沉默地走着，走到楼下的时候，后面一整栋教学楼都处在一片黑暗与无声之中，整个校园空荡荡的，她们两个人不紧不慢地走向停车场。走着走着，虞归晚突然说道：“环肥燕瘦，我想看一出杨贵妃。”

言下之意是要江堃照顾好自己，长胖了来演杨贵妃。

江堃笑起来：“好，以后我单独给你演一出贵妃醉酒。”

虞归晚也笑起来，夜色朦胧，只有路灯还泛着昏黄的灯光，衬得虞归晚的眸光也温暖起来。

对于这份温暖她们两个人都心知肚明，但谁也不提，任凭这份温暖在无边夜色中发酵。

江堃艺考的时候选的是《嫦娥奔月》那一出戏。虞归晚看江堃扮嫦娥看了好多次，她从不做什么评论，每次都只是安安静静地画画，这次画的不是江堃。一个又一个夜晚过去，虞归晚素描本上的那件灵巧繁复的戏服也越发清晰起来。

江堃艺考前一个月就开始准备这出戏的行头了，这件事情本该是她自己着手去准备的，但虞归晚要她别急，她要去为江堃办这件事。江堃对虞归晚很放心，对方说要去办，她就给出来十分的信心与放心，只管踏踏实实唱自己的戏。

江堃的戏服是在艺考前一周交到她手上的，虞归晚为江堃准备的戏服出乎意料地惊艳。虞归晚参考了古代仕女图的样式，在嫦娥的夹袄外系上一条白绸长裙，腰间围上了丝绦编成的彩色巾围，中间系上了一条打着如意结的丝带，两边垂着玉佩——成色不差，在微暗的灯光下闪着温润的光。夹袄上绣着祥花团云，反射着绸缎的柔光。流苏上缀的珠子，好像也是真物。整套戏服的用料、手工、点缀都是上上等，但又不奢华得过分，细细地看才能看出来其中的精妙。总而言之，整套戏服刚刚好，美到了江堃心上。

江堃将这套戏服拿在手中，半天说不出话来，过了一会儿才想起来问虞归晚："你是从哪搞来这么一套戏服的？"

虞归晚看着她，好看的眸子里满满当当全是笑意与温柔："你忘了我祖父是做什么的了？"

江堃愣愣地说不出话来。虞归晚越发觉得她这幅样子可爱得很，伸出手揉了揉她的头发："笨！我小时候看过祖父为江老板做戏服时留下的画稿，凭着印象做了一套。"

她这话说出来轻描淡写的，全然不提其中蕴含了多少的努力与功夫。

有什么好提的？横竖都是哄小朋友开心，不用提。

这是虞归晚为江堃做的第一套戏服，从今往后还会有很多很多套戏服从虞归晚手下流出，陪着江堃登上戏台，演绎出一段段戏本上的悲欢离合，而台下观众席投来的目光中，始终有虞归晚的温柔与专注。

✦

江堃结束高考的那一天，班里同学邀请她晚上一起聚聚，她没道理不去。一群朝气蓬勃、前途无限的少年人们纵情地欢笑聊天，热闹得很。江堃却突然很想虞归晚，她不知道怎么形容这种感受——周遭愈是热闹，她愈是思念虞归晚，这种思念没有来由，可就是肆无忌惮地占据她的脑海。

她从吵闹的 KTV 包间跑出来，在走廊上给虞归晚打电话，要人来接她。虞归晚的语气有那么一丝无可奈何，却答应得干脆利落。江堃挂了电话之后，就忍不住开始回忆虞归晚说话的语气，想着想着嘴角泛起笑容，她能想象到虞归晚的样子——一定是皱起了秀气的眉毛，脸上又带着点认命的无奈。

虞归晚敲开包间门的时候，正赶上一个男生向另一个女生表白，两人脸上都是青涩的、藏不住的欢喜，周遭是一片叫好声与祝福声。虞归晚站在 KTV 包间的门口，礼貌地笑笑，对为首的人说了一句“我来接江堃”，然后就走进包厢把坐在沙发角落打盹的江堃叫醒，扶着她走出 KTV 包间。

虞归晚拉着她上了车，自己坐到驾驶座，也不着急发动车子，虞归晚发呆的时候江堃就在旁边看着——她的手很好看，白皙修长，江堃一下子就看得入了迷。

虞归晚不多问，一只手撑在车窗上，另一只手握着方向盘，看上去似乎在专心开车。她一路开得不紧不慢，有个红绿灯本是可以过去的，却特意放慢了车速，将车子停在了亮起的红灯前。

虞归晚想随便找点什么话题，说道：“我今天看见你的同学在表白。”

“他们俩呀，很多人都猜到了，就算今天不表白，迟早也会的。”

虞归晚半开玩笑半认真地问一句：“那你有没有喜欢的男生呢？”

这句话轻飘飘地从虞归晚口中说出后，两人就陷入一片沉默，一个翘首以待，一个欲言又止。虞归晚极有等待的耐心，因为对方是江堃，她的耐心也变得无穷无尽起来。

“我的话……没有那方面的心思。”

虞归晚不置可否地笑笑，默不作声地开车，两个人接下来一路都没怎么说话。虞归晚把车子停好，和江堃一起走在老旧的小巷子里。两旁的路灯有些年头了，昏暗的暖黄灯光打在虞归晚的脸上，像是给她镀上一层温柔的滤镜。虞归晚走了一会儿，察觉到来自身旁的目光，就停下来，转头看向少女，问：“怎么了？”

江堃看着虞归晚，不知怎的就说出一句：“你有没有被人表白过？”

虞归晚的神色有些无奈：“怎么突然问起这个？”

江堃也觉得自己这问题问得莫名其妙，有些尴尬，跟着虞归晚接着往前走，走到老宅门前，才停了下来，对虞归晚说了声晚安，也不顾对方还没有给出回应，自顾自地就要奔进身后的一片浓稠黑暗中去。

“江堃。”虞归晚开口叫住了她。

江堃回头看向虞归晚，她不知道要怎样形容那样的虞归晚，月光是皎洁的，昏暗的路灯照在她身上，整个人像是在发光一样。她的神情那样温和，一双桃花眼波光潋滟，什么都不用说，她只要站在那里，就是温柔本身。江堃怀疑这份温柔已经融入了虞归晚的骨血之中，她见到的虞归晚，都是用这样包容的目光看她、待她。

“我确实被人表白过，但这并不重要。

“不早了，回去好好休息吧，晚安。”

5

江堃第二天早上醒来时，不过五点钟。外面不知道什么时候下起了雨，豆大的雨珠落在梧桐树叶上，发出好听的声响。

江堃从床上坐起来，看向窗外。整个平城都被缥缈的雨雾笼罩，大城市里钢筋水泥的冰冷都消融在这场雨中，恍惚间好像又回到了百年前。

然后江堃就看见了虞归晚——从窗户里看过去只是一把黑色的雨伞，可江堃只一眼就认出，那是虞归晚。

老宅古旧的一扇门把虞归晚拦在外面，江堃慌忙走下楼，连伞都没打，就要去开门。老旧木门晃动发出的响声惊动了虞归晚，于是江堃打开门的时候，就看见一片雨幕中虞归晚白得扎眼的衬衫与带着点笑意的双眸。对方见了她就嗔怪道：“怎么连伞也不打，着了凉可怎么办？”

明明虞归晚才是那个站在雨里不知道等了多长时间的人，却反过来数落她了。

但江堃却不觉得讨厌，恰恰相反，她的心底有一种暖意升起，只能来自虞归晚的暖意。

外面的雨势不算小，可虞归晚就稳稳地站在那里，不慌不忙，好像大雨、凉风还有慢慢流逝的时间对她而言都不算什么，她只顾站在那里安静等待。这份沉稳与耐心在看到江堃的那一瞬间立刻分崩离析，虞归晚极力将伞往江堃那边倾斜，迅速向屋里走去。

虞归晚让江堃坐在沙发上，自己轻车熟路地去拿毛巾，自然而然地为江堃擦起了头发。

“有什么事情，不能晚点再来找我吗？万一我一直没醒呢，你打算等多久？”

一连串的问题问出口，江堃才后知后觉地意识到，这其中的责备意味太过强烈。但虞归晚从来不会和她计较这些，依旧不慌不忙地为她擦拭头发，再开口时却是有些答非所问了：“你的生物钟我还不知道？每到五点一定会醒的。”

江堃还想再说些什么去反驳虞归晚，可对方先一步开口：“嘘，别说那些话了，你听我给你讲点东西，好不好？”

虞归晚的声音轻轻柔柔，还带着一点示弱的恳求意味，江堃只好沉默下来，等虞归晚开口。

“我小时候就很喜欢雨天……那个时候我祖父还在，一到雨天他就很沉默，一个人坐在窗边，一坐就是一整天。我长大之后的某一天，像我祖父那样靠在窗边看雨，才突然发现，一下雨，平城里所有现代化社会带来的急躁都没了，它又成了那座在百年风雨中安稳伫立的老城。”

江堃突然就想起了，那些年里安安静静坐在窗前看那条深河的爷爷，一时间有些恍惚。

✦

同样的两处感怀——

两千多公里的河山、几十年不曾谋面的时光也无法阻隔的感怀。

虞归晚接着讲，她的语速很慢，像是在讲故事："我后来看了一些书，发现那些文人们总喜欢给雨天安上各种各样罗曼蒂克的说法：他们说雨天适合别离、适合怀念、适合追忆……我仔细想了想，也不无道理。"

虞归晚把手里的毛巾收了，坐在江堃身边，江堃就舒舒服服地窝着，问道："那你告诉我，今天的雨适合什么？"

虞归晚好久都不说话，江堃就极有耐心地等她去开口。

"适合别离。"

江堃几乎是在一瞬间警惕了起来："你要去哪儿？"

虞归晚叹了口气："我要去国外念书，江堃，这是个很好的机会，我不想错过。"

"你要去哪里？"

"法国。"

"多久？"

"……我不知道。"

"什么时候走？"

"明天下午的飞机。"

江堃在这一瞬间有些不知所措，虞归晚陪了她三年，无论什么时候她回过头来，虞归晚总是以一个温柔的大姐姐姿态出现在她身后。她刚来平城的时候，普通话还有些生疏，是虞归晚陪着她，一点点地教她普通话；那些个天刚破晓的清晨，她在院里练功夫、吊嗓子，是虞归晚坐在门槛上陪她度过的；至于那些深夜的归家路途，也是她们一同走过。平城对那时的她而言是一座陌生的城市，只在爷爷的只言片语中窥见过这座古城的些许风采，是虞归晚陪着她走过这座城的大街小巷。

她直到现在才意识到，原来虞归晚对她而言，已经是一种习惯。

年长者总有这样的能力，她用无尽的包容与耐心去待你，陪伴你度过无数个日夜，让你在不知不觉间依赖上她，离不开她。

“可是现在才六月。”江堃的声音闷闷的。

虞归晚不由自主地就把声音放得更柔了一些：“我提前去那里有很多事情要做。”

“我要去送你。”

虞归晚看着眼前的姑娘，她有千万种体面而客套的说法去应对这样的关心，可对方是江堃，她说出口的只有生硬的两个字：“不用。”

江堃看着她，然后就哭了。江堃不是一个爱哭的人，即使是虞归晚，也很少见过江堃哭。

虞归晚在那一瞬间放下了所有的无奈与离别的伤感，她伸出手一下下抚过江堃的后背。

这是她的小朋友，她看不得江堃哭。

“你不要送我，我会舍不得走的。

“你不要担心，好吗？我到了那边会给你打电话，如果有空，我就回来看你。

“听话，不要送我。”

外面的大雨不停，天空是阴暗的，吹起的凉风让人在六月也能感受到丝丝寒意。江堃挽着虞归晚，她生平第一次觉得一个人的肩头竟然是这样的温暖，这样的令人眷恋。虞归晚那些安抚的话语落在她耳畔都成了两个字——“再见”。

6

江堃没有去送虞归晚，她很听话，虞归晚不要她送，她就不去送了。

虞归晚离开之后没多久，江堃就回了香城。虞归晚一走，这座城市就恢复了它原本的冰冷与忙碌，江堃不喜欢。

江堃去了平城念书之后，只会在寒假与一些必要的节假日回香城，她不是恋家的人。父母都待她极好，只是两人的感情并不好，各自忙着打理自己的事业，并不太把心力花在家庭生活上。爷爷去世之后，那个家对江堃而言，大多数时候就只是一个冰冷的大房子，来平城念书之后她就不愿意回去了，起码这里还有虞归晚陪着她。

父母对她的突然归家有些诧异，但诧异与关心都进行过之后，双方又各自去忙自己的事业，唯一的改变是让保姆照顾好江堃的饮食起居。

江堃还是每天早上五点钟起来练功夫、吊嗓子，一般会练到中午的饭点。接下来的时间，她就看一些戏本或者小说，总之，做一些打发时间的事情。

江堃有一天心血来潮，去整理爷爷生前居住的房间。那些古旧的书籍、笔记、纸张，唱戏时化妆用的脂粉，精美的戏服与行头，生前常穿的几件衣物……都放在原本的位置，落了厚厚的一层灰。它们随着主人的过世而沦为“无用之物”，江堃的父亲不愿意扔，又不知该如何处理，索性就一并搁置在这里了。

爷爷留下的东西其实并不算多，桌上的那些书籍，有一些是在当年风靡一时的小说，也有一些是被进步青年追捧过的书籍报刊，书页早已泛黄发脆，带着几十年岁月流逝的厚重感出现在江堃面前。

江堃整理出一些有趣的东西：一副镜片早已模糊不清的金丝眼镜——江堃印象中爷爷是不戴眼镜的，她努力去想象这样一副眼镜出现在他脸上的样子；一张有些年头且已经开始散墨的贺卡，上面的字迹勉强还可以辨认：目成心许，至此终年，共挽鹿车；一个厚厚的笔记本，大概是存放时间有些久远了，笔记本中有些纸张都已经粘在了一起。

江堃费了好大劲儿才将那些纸张分开，还没来得及看清内容，就有一张黑白照片掉了出来。

照片上是两个青年，都是风华正茂的年龄，面目清秀，看上去不过二十多岁。一个西装革履，不苟言笑；另一个穿着长袍马褂，春风满面。江堃不费多大劲儿就认出来，后者正是自己的爷爷，而对于另外那个严肃的青年人，她心里也有一个隐隐的猜测——这大概就是虞归晚的祖父，那位虞先生了。

这大概是爷爷的日记本，江堃一页一页慢慢地翻看，日记是从很多年之前开始记的。江堃猜想这个时候爷爷已经和那位虞先生熟悉起来了，因为日记里除了对一些戏班工作的记录，表演剧目的点评，剩下的零零散散都是关于那位虞先生的：要么是虞先生来看戏时给的评价，要么是虞先生为他做的戏服，再不就是和虞先生一起打牌吃饭，都是些很平淡的语言。

引起江堃注意的是其中某几页。

4 月 23 日

应邀随诸位名角赴欧洲演出，走之前托虞先生照顾家中儿女。今日虞先生到码头与我告别，旁人都哭哭啼啼的，只有他一个人笑眯眯地同我开玩笑，说什么欧洲有不少浪漫的地方，还让我不要被那边的白人小姐迷住了不肯回来。唉，算了，不同他计较，他一直都是这个性子。

等到我要上船时，他才拽住我的衣袖，显出几分离别的愁绪来，要我下了飞机给他打电报，要我给他写信，要我好好照顾自己……他不是一个唠叨的人，今日却像老妈子一样絮絮叨叨地说个不停，这个样子实在是难得一见。

6 月 4 日

巴黎这几天大雨不停，屋子里又闷又湿，实在是讨人厌。

今天收到了虞先生寄来的信，一封信糊里糊涂地讲他的生意，讲老二和老三这两个小丫头总是吵个不停，讲平城的一些花边新闻，洋洋洒洒写了好几页纸，到最后才别别扭扭地问我何时回平城。

他这个人啊，平时在生意场上见人说人话，见鬼说鬼话的，怎么到这个时候，连封信都不会写了。

刚刚为他写回信，末了借了一句王勃的诗。

“海内存知己，天涯若比邻。”

这信到他手里的时候，我大抵也该启程归国了。

这些被几十年岁月浸泡过的纸页，曾经记下主人的无数思绪，如今，它们在耀眼的阳光下，以另一种姿态出现在后人面前。

黑白照片上的人儿依旧意气风发，几十年的岁月与动荡都无法洗去的气质与友情在那张黑白照片上隐隐展现。而数年后的今天，照片上相依而立的青年们早已是黄土白骨，而经历了数十年的分别后，他们终于再次团聚。

7.

那些泛黄的纸页不知为何唤起了江堃的思绪，她在爷爷的房间里坐了一下午。保姆今天请了假，回老家看孙子，江堃索性连晚饭也没吃，接着翻那些老物件，心里突然就强烈地思念起一个人，一个也要去往欧洲的人。

客厅里的座机响得有些刺耳，江堃跑下楼，接起电话的那一刻几乎有些心跳加速。

“喂，您好。”

电话那头的人轻声笑起来：“江小姐，你可让我好找。”是熟悉的年轻女声，隔着万里山河，遥遥地给了江堃那突然生起的想

✦

念一个落点。

江堃在听到虞归晚声音的那一瞬间，鼻子一酸，竟是有点想落泪。虞归晚半天没听到江堃说话，声音都有些急促："怎么不说话？"

"我在。"

"你刚才半天都不讲话，吓到我了。今年夏天怎么突然想回去了？往年你可没有这样过。"

江堃想说"还不是因为你走了"，可又不好意思说出口，到最后还是不咸不淡地说了一句："平城里也没什么好玩的。"

"是因为我走了吗？"

江堃沉默了一会儿，终于还是承认："我和那些同学，至多是泛泛之交的程度，没有那么多的交集……"

电话那头江堃的声音闷闷的，带着一点属于小朋友的隐晦的委屈，听得虞归晚心痒，只想飞去香城给小朋友一个风尘仆仆的拥抱。

虞归晚沉默了一会儿，说："上了大学之后，和身边的人好好相处……我不是说你高中那样不好，也不是逼着你和他们多么亲密，我只是希望你闷的时候有个人陪着你，好吗？我有空就回去看你。"

周围一片安静，只有虞归晚的声音真切地落在江堃耳朵里，带着那种熟悉的温柔。这些天压抑着的思念都在这个时候莫名其妙地倾泻出来，江堃开始小声地哭，虞归晚感觉像是有只小猫在挠自己的心窝，那些温柔的安慰语句都忙不迭地说出口来，只为了哄住对面小孩的眼泪。

江堃被虞归晚哄了很久才破涕为笑，两个人又开始有一搭没一搭地闲聊，虞归晚讲自己在巴黎这些天来遇到的有趣事情，江堃就同她讲自己今天在爷爷房间里发现的那些东西。

“这样好了，你要是再问我什么时候回国，我就拿很多年前江老板回复虞先生的那句诗来回复你。”

江堃就笑起来：“那我倒要盼着你早点拿出那句诗来，你说出了那句诗，大抵也就要归国了。”

巴黎和香城有六个小时的时差，虞归晚注意着江堃这边的时间，不愿她晚睡，到了香城时间晚上十点多就挂了电话，挂电话之前告诉了江堃自己在这边的电话号码。江堃认认真真地把它记在纸条上，夹进枕边的书里，心里突然就踏实了很多。

窗外已是万家灯火，衬得皎洁的月色也黯淡了几分，而九千公里之外，阳光还温柔地洒在香榭丽舍大街上，情侣们在柔和的阳光下拥抱，亲吻。

但这并不影响两个人对彼此的思念，两位挚友之间的牵挂在短短的一通电话里打了个照面，然后双方又带着这份牵挂，各自奔向精彩的人生。

两个人都走得很从容，并不着急，因为总有一天，她们的人生会在短暂的分离之后再度相交、重合，在余生千千万万个日夜里携手并行。

虞归晚挂了电话之后，巴黎不过下午四点多钟，她的室友是

✦

个年轻的法国姑娘，饶有兴趣地问她：“Est-ce ton petit am（那是你的男朋友吗）？”

虞归晚愣了片刻后，笑着回答她：

“Non, c'est ma meilleure amie（不是，是我的知己）.”

江堃和虞归晚的联系持续了四年，虞归晚习惯在江堃睡前和她打电话，听小朋友分享日常生活、抱怨课业好难。然后她在巴黎下午四五点的阳光下轻轻地笑，用足够的耐心与温柔去回应小朋友那些或开心或烦恼的分享。彼时的阳光温柔美好，像她们的未来一样。

江堃大二上学期的期末要参加学校举办的新年晚会，和专业里一个唱生的男孩子演一出《游龙戏凤》，她只把这当作日常里无关痛痒的一件小事分享给虞归晚，虞归晚也只笑着回应她。

江堃本以为这件事情就这么过去了，直到晚会的前几天，有人到学校的门卫处给她送来一个严严实实的跨国包裹，一拆开，入眼就是一张方方正正的卡片，上面的字迹端庄大气，和它的主人一样漂亮：

【预祝吾妹演出成功。】

她身边有过来凑热闹的朋友，就笑着打趣道：“江堃，你什么时候捞着的姐姐？这连贺卡都送过来了。”

“别乱开玩笑。”江堃摇了摇头，却是一下子红了脸，极不自然地低下头，什么话也不说了。

卡片下就是做工精良的一套戏服，从配色、裁剪到刺绣，都叫人挑不出毛病来，上面绣着的祥花团云栩栩如生好似活物。这样精致的一套衣裳，今时今日可真是打着灯笼也找不到。

江堃回宿舍之前先去了趟楼下的电话亭，围着厚厚的围巾给虞归晚打电话，虞归晚一接电话就问她："收到包裹了吗？"

"收到了，就是个小节目嘛，你不用这么费心思，你在巴黎那边已经很忙了，还要为我弄这些事情……"电话亭里比户外零下十几度的低温要好些，但还是很冷，江堃一边跺脚一边说话，因为围着围巾，戴着口罩，她的声音听起来闷闷的。

虞归晚打断了她："你什么时候变得这么啰唆了？我很高兴为你做这些，你就不要操心我做它的时候累不累、有没有时间这种无聊的问题了。我觉得为你做这些很值得，所以我才去做。再说了，怎么会是小节目呢，你每一次登台亮相都是一等一的大事，当然值得我去操心。你老老实实告诉我，江小姐，您对这次服务满意吗？"

江堃忍不住笑起来："满意，满意，我给你五星级好评，够了吗？"

电话那边半天没有声音，江堃几乎开始怀疑是不是信号不太好了，喂喂了半天，忽而听到电话那头传来的婉转唱腔。

"我进了酒家门。"

江堃愣了一下，然后就扑哧一声笑了出来，接着虞归晚的去唱——

江堃："我哥哥不在家，今天不卖酒。"

✦

虞归晚："卖酒的风情好，你比酒更迷人。"

江堃红了眼圈，虞归晚，虞归晚，她总是这样。江堃本以为自己已经足够成熟稳重了，可面对虞归晚，她还是那个茫然无措的小朋友。

是电话那头虞归晚催促的声音把她从思绪中拉出："小朋友，太晚了，平城那边很冷吧？赶快回寝室睡觉去。"

"晚安，做个好梦。"

零下十几度的平城明明很冷，可此时江堃站在电话亭里，手握着电话听筒，一颗心在腔子里似是被烈酒浇灌过，周身都感到无尽的暖意。

8

江堃大学毕业的那年暑假回了香城，爷爷的老友知道她从小就跟着江老先生学戏，就自作主张给戏院的老熟人打了个招呼，让江堃去演出戏，戏目随她自己定。江堃想也没想就说："那就来一出《贵妃醉酒》吧。"

江堃唱的是夜戏。前一天晚上，她给虞归晚打电话的时候，提起这件事情，挂电话前随口问了一句："你什么时候回国？"

虞归晚的声音一字一句真真切切地传到她耳中："海内存知己，天涯若比邻。"

江堃在那一瞬间泪如雨下。

她以为自己已经足够成熟足够强大，但那些隐秘的情绪，还是被虞归晚轻易牵动。在虞归晚面前，她永远是那个认认真真学唱戏、需要陪伴的小姑娘。

这一晚，戏院比往常热闹了不少，虽然赶不上二十世纪上半叶人满为患的盛况，但也算是座无虚席。

江堃在登上舞台的那一刻，看到台下无数充满期待的目光，心里没有胆怯，只想到多年以前，和爷爷一起坐在台下，看台上的人演绎戏中的那些悲欢离合。过去与现实在此刻交织，她终于成了台上的人。

老琴师闭着眼拉琴，琴音激昂，一寸咬一寸，那是隔着几百年岁月浮沉变革，来自血脉里最为强硬的呐喊。在柔软的夜色中，像被尘封数年终于出鞘的剑，缠着柔情，露出历史长河滚滚而下也难洗去的锋芒。

“海岛冰轮初转腾，见玉兔，玉兔又早东升。那冰轮离海岛，乾坤分外明。皓月当空，恰便似嫦娥离月宫，奴似嫦娥离月宫……”

婉转唱腔响起，那个穿越历史烟尘的杨玉环款款而来，衣袂飘飘如蝶，台下观众入了迷，阵阵轰鸣般的掌声传到台上，就引起了台上人的微微一笑，恰好应了千年前文人墨客吟诵的那句“回眸一笑百媚生，六宫粉黛无颜色”。

虞归晚一出国际机场就拎着行李箱去拦计程车，一路上她不停地看腕上的手表，下了车就直奔戏院。

那是持续了四年的思念，如今终于有了下落，她自然是急迫的。

虞归晚走进戏院的时候，还有两分钟就要开场了，她拿着托人买到的票，在前排的位子上坐下。在那等待的一两分钟内，周围的人都欢声笑语地讨论些什么，独她一人坐在这一片喧闹中只觉得心跳如鼓，内心被压抑了四年而今终于不用克制的思念填满了。周遭的喧闹全归于寂静，她只盯着舞台，等那个自己心心念念的小妹妹上台。

戏一开场就是江堃扮的杨贵妃在宫娥簇拥中粉墨登场，这是虞归晚第一次正儿八经地坐下来看江堃演一出戏。这杨贵妃初一上台，眼角一挑，虞归晚就觉得这戏子真是绝了，除了身段唱腔好，连眼神里都透着那么一股娇媚。虞归晚一下子就入了戏。杨贵妃手里那把扇子正面画的牡丹，背面画的是梅树，被江堃的纤纤玉指握着，就显出一种流光溢彩的风韵来。

虞归晚第一次切切实实地感受到书中写的眼波流转究竟是怎么个样子。台上的杨贵妃眉眼里尽是娇媚，那种醉酒之后的娇憨被江堃演得淋漓尽致，水袖一抛就是万种风情。戏中的杨贵妃是醉了，台下的虞归晚也好似是醉了。千年前那风华绝代的杨贵妃，倒像是借了这么一方舞台，重回了一趟人间。

一场戏罢，虞归晚觉得自己好似是大梦一场。她随着那激昂的琴音、婉转的唱腔，走进了另一个如梦似幻的世界。台上人是空心内净，台下人却是醉了、痴了，不知身在梦中。

江堃致谢、退场、落幕，台下灯光大亮，掌声一阵接着一阵，好像是要把戏院的屋顶都给掀起来。虞归晚木讷地站起来跟着鼓掌，缓了会儿才回过神来，什么话也不讲就去了后台。

戏院的工作人员一下子就拦住了虞归晚，她也不恼，报上大名就让那人去找江堃，不一会儿，虞归晚就被引进了后台。

江堃正在卸那一身的行头，看到虞归晚那一刻的欣喜是再浓的妆也遮不住的。虞归晚看到了江堃这个人，听到了江堃的声音，才好似从那般幻境中出来，重回了这人间。

江堃换下了那套烦琐的行头后，一把冲上来抱住了虞归晚。长达四年的思念在这个拥抱里消融，虞归晚把她的小姑娘结结实实地揽在怀中，细细嗅着江堃身上那股淡淡的脂粉香气，这才觉着之前四年长久的分别与此刻相比根本不值一提。

“娘娘。”虞归晚缓缓地开口，“万岁爷有眼无珠，不懂得疼惜娘娘……”

江堃笑起来，半玩笑半认真地问道：“怎么？你去揍他？”

虞归晚抬起头来，定定地看着江堃，一双桃花眼多情潋滟，真是眉目传情：“也不是不可以。”

虞归晚笑起来:“还有一事，江小姐，以后您登台唱戏的戏服，可就由我包下了。”

“这可是笔大生意啊。”

虞归晚抱着人不撒手，声音还有些闷闷的，但说出口的话语却是十分的笃定：“一定让您满意。”

虞归晚从不食言，她说要为承包江堃以后的戏服，就真的做足了往后几十年。只要江堃登台亮相，她总要为江堃亲手置办一身精致到无可挑剔的行头。

江堃不知道要如何形容她与虞归晚的姐妹之情，虞归晚陪她走过人生最美的年华，给予她旁人无法提供的理解与支持。她年轻的时候总想唱戏给全世界听，向全世界证明自己，可后来，她慢慢变老，慢慢感觉到，原来，她只要虞归晚一个人明白她、懂她就够了。虞归晚见过她在戏台上万众瞩目的光鲜亮丽，也见过她在深夜失声痛哭的茫然无助。

很多很多年后的某一天，她在日记里写——

“她见过我闪闪发光的优秀，也见过我无能为力的落魄。

“她欣赏耀眼的我，也拥抱平凡的我。”

……………………

“去吧，我的小猫咪。”

……………………

MISS

S感
顶级模特
×
秀场
新鲜人

终身美丽

LIFELONG BEAUTY

终身美丽

LIFELONG BEAUTY

文 / 爆炒小黄瓜

晋江专栏 / 微博 @ 爆炒小黄瓜

希望我们永远是无忧无虑的做梦人

1

“你太胖了，没人会喜欢胖姑娘。”

“你太干瘪，上一次看见这么扁平的轮廓，还是我写字母‘H’的时候。”

“你的肩膀太丑了，没人会喜欢肩膀是滑梯的女人。”

……

嘉莉开始觉得来到这里是一个错误。

她出生于艾奥瓦州，在玉米田里长大，去年才来到纽约打拼。艾奥瓦州位于美国中西部地区，是一个明亮、开阔、阳光宜人的地方。纽约有不少漂亮姑娘都来自中西部地区，她们发色浅浅，瞳孔碧蓝，皮肤白皙光滑如象牙，性格热情似火，还带着一种只有美丽非凡的田野才能滋养出来的天真与虔诚，令人惊艳的同时也相当讨人喜欢。嘉莉就是这样一个典型的中西部漂亮女孩。

她有一张美得过分的脸蛋儿，浅金色的头发，水汪汪的绿眼睛，绿得像水仙花细嫩的叶子。当她蹙起眉毛时，几乎就是以水仙花香气为食的小仙女——如果她没有那么胖的话。

是的，嘉莉是一个有些丰满的女孩。在这个病态追求瘦身的时代，她因此受到不少冷眼与歧视。就在昨天，她还为这件事跟经理大吵了一架。经理当着她的面取笑她的身材和走路姿势，说她胖得像猪。

嘉莉伤心极了，努力说服自己不要把经理的话当真，但那些话实在是太伤人了。

她越想越伤心，越伤心越想，忍不住把经理揍了一顿——她成年之前，一直帮父母打理玉米田，会用拖拉机和除草机，手劲儿比一些肤色黝黑的农夫还大。经理被她打得鬼哭狼嚎，一边上蹿下跳，一边狠狠地开除了她。

失去工作的嘉莉开始在街上游荡，她走到一家时装店的橱窗前，有些迷茫地望着玻璃窗上的倒影。

她真的很丑吗?

可是，她有自己的审美，看得出来，自己并不丑，身材也根本说不上胖。就算她没有审美，什么都不知道，周围人的眼睛也会告诉她。当她在百货商场低头收银时，总能感受到来自四面八方若有若无的打量，男男女女都在看她，都在肯定她的魅力。然而当她抬起头，挨个儿对视回去时，他们的目光又变成了轻蔑的鄙视。

她究竟是美是丑?

一时间，她自己也不确定了。

这时，雨点淅淅沥沥地洒落下来，天气变得有点儿冷了。嘉莉忍不住搂住自己，往职工区的公寓走去。百货公司限她一个星期之内搬出去，她不知道自己能往哪里搬，纽约的租金高得像是要吃人。也许，她不该冲动地跟经理打架，可他说的那些话实在太难听了。她真的不胖呀，她搂住自己的时候，甚至摸到了凸起的肩胛骨。

雨越下越大，狂风四起。嘉莉被突如其来的暴风雨淋得浑身精湿，牙齿止不住地打战，还有比这更倒霉的时刻吗?

——有。

一张湿漉漉的报纸被风刮到了她脸上。她眼前骤黑，差点撞到前面的电线杆。

嘉莉恼怒地扯下报纸，一行墨迹模糊的大字映入她的眼帘——

“你觉得自己漂亮吗？”

她擦了擦脸上的雨水，继续看下去——

“漂亮的你还在等什么？是时候向所有人证明自己了！N.N. 时装秀首次面向社会公开招募时装模特，只要你足够漂亮，无论胖瘦，都能在 T 台上绽放光芒！”

2

嘉莉信了报纸上的鬼话，来到了 N.N. 时装秀的招募现场。

她以为整个招募过程，真的就像报纸上说的那样，不看胖瘦，只看脸蛋儿，谁知还没有走进招募大厅，就看见一个中年男子在冷冰冰地羞辱那些前来参加招募的女孩。

他身边站着一个双腿修长、气质冷峻的女郎。

那是一个极美丽、极夺目的女郎。

她个子很高，戴着白色宽檐帽和猫眼墨镜，墨镜下是两瓣醒目的红唇。她的身材很瘦，瘦极了，简直像单薄的衣架子。嘉莉在百货商场的橱窗见过她身上那套黑色套裙，穿在她身上，竟显得比塑料模特还要合身。

可能因为太瘦了，她的脸颊有点儿凹陷，手腕、脚踝和髋部的骨头也明显凸起，但正是因为太瘦了，即使没有看见她的正脸，也知道她绝对是一个少见的美人。

嘉莉第一次看见这么美丽的女人，美得几乎带着一点儿蛇类的攻击性，而且，她也太瘦了，肩膀根本不是肩膀，而是两片削薄的骨头。一般来说，瘦成这样，身材的曲线就消失了，然而套裙裹在她的身上，却仍有一种竖琴般凹凸有致的美感。当上帝偏爱一个美人时，连她的骨架都是玲珑的。

嘉莉第一次体会到了自惭形秽的感觉，紧张而慌乱地攥紧了拳头。

尽管中年男子的视线还没有落到嘉莉的身上，但她知道自己的身材会被怎样羞辱。嘉莉抿紧嘴唇，尽可能地垂着脑袋，不让旁人注意到自己，朝招募现场的大门走去。

一个不知从哪里冒出来的男人跟在了她的身后，牛皮糖似的黏着她走路。

她蹙起眉毛，恼怒地看了他一眼，加快了离去的步伐。男人却像是获得了某种隐秘的许可般，黏她黏得更紧了，前胸几乎贴在她的后背上。

嘉莉不禁气恼极了，如果是以往的她，早就一巴掌扇了过去，可现在她却莫名失去了那种蛮劲儿，变得有些惧怕周围人的目光。

太多人说她胖了。言语是有力量的，那些言语渗进了她的头脑，改变了她的想法，扭曲了她的审美。

她宁愿忍受男人令人作呕的骚扰，也不想出现在众人的视线里，被周围人和美丽女郎冷漠地审视。

就在这时，她的身后忽然传来一阵脚步声。

四周的喧闹声消失了，令人作呕的骚扰也消失了。一只骨节分明的纤手攥住了贴在她身上的男人的手腕，把他狠狠拽开了——

是那个美丽的女郎。

她毫不客气地举起男人的手，环顾四周，冷漠道："保安在哪里？把这个孬种给我撵出去。"

嘉莉愣愣地望着那个女郎。

嘉莉以为女郎冷眼旁观中年男子羞辱那些女孩，是因为赞同他的观点。谁知，整个招募大厅那么多人，注意到自己被骚扰并愿意帮忙的，竟然只有她。

女郎也看向了嘉莉。

她取下墨镜，露出一双湛蓝的眼睛。她的气质是如此独特，仿佛电影里妩媚桀骜、无恶不作的蛇蝎美人，眼神却沉静温和，不带一点儿攻击性，更像是一位冷静优雅的世家贵族小姐。后来嘉莉才了解到，她确实出身于贵族，家族历史最早可追溯到菲力普·奥古斯特时期。

姗姗来迟的保安带走了不停挣扎的男人。

“你叫什么名字？”女郎问嘉莉。

男人脸红脖子粗地挣扎着，大声嚷嚷道：“我根本没有骚扰她！是她故意贴着我走路……谁会骚扰一个胖姑娘……你会吗？你会吗？”

“别看他，看着我。”女郎将墨镜戴到了嘉莉的脸上，轻柔地低语道，“这种人不值得你浪费时间。回答我的问题，你叫什么名字？”

“嘉莉……《嘉莉妹妹》的嘉莉。”

“想当模特？”

嘉莉下意识地点了一下头，又飞快地摇摇头：“不想……我太胖了，不适合走秀。”

“但你很漂亮，身材比例也很好。”女郎一边说，一边慢慢摘下缀着珍珠的白色手套，递给嘉莉一张名片，“这是 N.N. 的地址，假如你有当模特的意愿，明天记得来报到。”

说完她便要转身离开，忽然想起什么似的，侧头说道：“忘了自我介绍，我叫瑞秋·约翰逊。如果你来的话，我们就是同事了。”

直到瑞秋的背影消失，嘉莉都没有反应过来发生了什么。

她这是……被 N.N. 聘用了吗？

3

对嘉莉而言，模特只是一份糊口的工作，跟在百货商场当收银员没什么两样。

真正让她对这份工作感兴趣的，是瑞秋的那句话——“如果你来的话，我们就是同事了”。

她像小女孩崇拜电影里美艳强势的女王一样，对瑞秋产生了强烈的崇拜之情。

嘉莉在乡村里长大，见过的最有力量的女性，就是她的母亲，一个美丽、健康、晒得黝黑的女人，以雷霆手腕管制着她的父兄。但即使是她母亲，在外面仍会给她父亲面子。她还是第一次见到瑞秋这样的女人——美丽、高雅、冷若冰霜、充满力量，不在乎任何人的目光，轻而易举就制止了猥亵她的男人。

连续好几天，她都梦见自己变得和瑞秋一样强大。

嘉莉天真地以为，只要成为 N.N. 的模特，就能和瑞秋朝夕相处，学习她身上的优点。

谁知，瑞秋的身份完全没有她想象得那么简单，对方竟然是 N.N. 的专属模特，也是 N.N. 唯一一位专属模特。瑞秋在时尚圈以冷峻的气质和干练的短发著称，她从不迎合潮流，她就是潮流本身。她最著名的一场秀，是穿着一条系金腰带的无吊带黑色礼服，戴着黑色皮手套，用大拇指和食指捏住粗大的雪茄，一边吞云吐雾，一边漫不经心地走到了 T 台的最前方。那场秀播出以后，不少主妇都开始模仿她的洒脱姿态。从此以后，雪茄与香烟不再是男人的专属。

她很忙，忙极了，忙到世界各地都能看见她的新闻。听说她每次换衣服，最短只需要几秒钟，最长不超过一分钟。她的身高足有六英尺，体重却只有四十九公斤。她是不少设计师的缪斯女神，每当他们想不出模特的具体样貌时，就会拿她当参考。

瑞秋是站在世界金字塔顶端的模特，是这一行业罕见的天才。

嘉莉不过是刚入职的新人，还在吭哧吭哧地减重——经纪人告诉她，必须先减掉身上的赘肉，才能学习别的。

她们似乎无论如何也不可能产生交集。

减重这个目标听上去是如此简单，似乎只要不停地锻炼就能做到，然而嘉莉却碰到了一个致命的问题——她瘦不下来，无论怎么努力都瘦不下来。

倒不是完全瘦不下来，问题是即使她已经因为锻炼、节食甚至断食，变得骨瘦如柴了，脸上却始终挂着一点儿恼人的肉。那点儿肉模糊了她的轮廓，让她充满了洋娃娃般的稚气。N.N. 是面向上流阶层女性的奢侈品牌，他们想要的是另一个冷峻而妩媚的瑞秋 · 约翰逊，而不是小女孩枕边的金发洋娃娃。

嘉莉沮丧极了，她真的尽力了。

为了瘦身，她已经很久没有吃饱过了，每天只能像牛似的吃草，并且草还是定量的。现在，每天早晨起床，她都感到头晕目眩，脚步虚浮，后背一阵一阵地出汗。她疯了似的怀念吃饱的感觉，光是想一想，嘴巴都会拼命地分泌口水。

可经纪人对她下了严令，只要发现她偷吃，就会将她逐出公司，还会让她支付大量的违约金。

不过，在这样严苛的瘦身计划下，她也的确变美了。

这种“美”，不是她照镜子看到的“美”，而是周围人告诉她的“美”。当她穿上最小最紧的裙子，尽情地展示身体的曲线时，当裙子的布料紧紧地裹在身上，却没有因赘肉而难看地凸起时，她的确感受到了自己的“美”，并在这种“美”中找到了久违的自信。所以，哪怕因为瘦身而日渐憔悴，她还是咬着牙坚持了下来。

然而，让她没想到的是，她浑身上下都瘦了，脸蛋儿却没有瘦。

更让她没想到的是，经纪人告诉她，公司认为她没有当模特的天赋，决定放弃她了。

嘉莉再一次变成了无业游民。

4

十二点整，日头最烈的时候，嘉莉抱着自己的东西，垂头丧气地从 N.N. 的高楼里走了出来。

她扁了扁嘴，有点儿想哭，却因为没有哭的力气而作罢。以前的她多么健壮，简直像一头结实的小牛犊，能开拖拉机，能追着百货商场的经理打，现在却变得羸弱不堪，抱着纸箱子走一小段路就气喘吁吁，必须停下来歇息一会儿，才能继续前进。

明晃晃的太阳刺得她的眼睛发疼。也许，她该找个饭馆，埋头大吃一顿，好好盘算一下未来。可她节食了一个多月，早就失去了进食的欲望。她是青天白日里的幽魂，在可以把柏油马路烤得吱吱作响的阳光中，迷茫地前行。

她要去哪儿？她能去哪儿？她也不知道。

不远处有一家咖啡厅，嘉莉又渴又累，想在咖啡厅的遮阳伞下休息一会儿，然而还没走过去，她忽然闻到了黑咖啡的气味，没有哪个空腹的人能忍受黑咖啡的刺激。

嘉莉忍不住蹲在咖啡厅旁边，无助地干呕起来。她一边干呕，一边抽噎，眼里蓄满了委屈的泪水。她不知道自己为什么会沦落到这个地步，是上天在惩罚她打人吗？打人固然不对，经理当着她的面侮辱她就对了吗？她已经丢了工作，受到了惩罚，为什么还要继续受罚呢？

嘉莉越想越难过，哭得上气不接下气，泪水大颗大颗地往外涌。可能因为过于伤心，她的胃再次痉挛起来，头也一阵阵发晕。

她不能晕倒在这里，嘉莉深吸一口气，猛地站了起来，不料头更晕了。刺眼的光亮在她的眼前荡来荡去，过了好一会儿，她才反应过来，那是斑驳的树影。

与此同时，眼前的一切都摇晃起来，灿烂的阳光，模糊的车流，咖啡厅服务员洁白的围裙，她仿佛身处一幅色调朦胧的抽象画里。

不，不能在这里晕过去。嘉莉狠狠地咬住手指，疼痛使她清醒了片刻，却仍然不能阻止天旋地转。

她无论如何也不能晕倒。

可是，不能晕倒之后呢？不知道。她在纽约没有家人，他们都在艾奥瓦州，离纽约很远很远，即使听说了她在纽约的悲惨事迹，也无法对她施以援手。

头越来越晕。

她要撑不住了。

就在这时，一辆黑色轿车停在了咖啡厅前。

后座车门被司机打开，一个冷峻高挑的女郎从车上走下来，朝咖啡厅的正门走去。

女郎斜戴着黑色圆帽，被厚面纱遮住了大半张脸，穿着薄薄的V领衬衫和黑色短裙，颈间挂着一条长长的圆润的珍珠项链，手上是价值不菲的铂金手镯和戒指。她是如此像瑞秋·约翰逊——嘉莉做梦都想成为的顶级模特。

如果是健康的嘉莉，或许会仔细欣赏一下女郎的打扮，但现在是快要晕倒的嘉莉，她根本无暇关注女郎的模样。

她头脑里只剩下一个念头——她不能晕倒在大街上。

对了，女郎！在女人面前晕倒是安全的。

她要竭尽全力地爬过去，晕倒在女郎的面前。

为什么？

可能因为女人对女人有一种天然而纯粹的信任，她知道女郎不会伤害她。

5

对瑞秋来说，今天与往常一样平淡。

她摇下后座车窗，从银质烟盒里抽出一支烟，叼在嘴里，用打火机点燃，吸了一口，侧头吐出一口烟雾。

就在刚刚，一个记者追着她质问道：“请问你为什么总是抽烟？难道你不知道只有男人才抽烟吗？”

这不是她第一次听见这么荒谬的提问。实际上，从她当模特起，就一直活在各种荒谬的声音里。

她保守的母亲认为她当模特，是在搔首弄姿，禁止她在公众面前提起自己真实的家世背景；她上一任男朋友希望她在走秀时，穿得越多越好，最好拒绝那些裙子不过膝的走秀；她以前的公司则要求她在走秀时，尽量不要有太多表情和动作，他们不想要一个喧宾夺主的模特。

要不是碰到了 N.N. 的创始人，她可能已经变成一个妻子，一个母亲，一个手忙脚乱的家庭主妇，绝不会有今天的成就和地位。

她天生强势，比许多男人还有主见。她喜欢走秀，是因为喜欢在 T 台上表达自己的想法。试想一下，当男人们在起居室里一边抽烟，一边讨论女人该不该抽烟时，抬头却看见她穿着线条硬朗的皮衣和长裤，在电视里昂首挺胸地抽雪茄，那画面该多有趣。通过走秀，她可以把自己的声音传递到世界各地。

这是她美好的愿景，事实上，尽管她已经站在了时尚界的最顶端，却仍然感到压抑，感到孤独。

她想要表达更多，却不知道如何表达。歌手可以用咆哮似的唱腔发泄内心的苦闷，舞蹈家可以用狂放的肢体表现内心的挣扎，画家可以用纷乱的线条描绘内心的复杂。

然而模特，要么被认为在搔首弄姿，要么被认为是设计师的表达工具。

但是，除了 T 台，她还能在什么地方表达内心的情感呢？

前面有一家咖啡厅，刚好她手上的香烟也燃到了尽头。

瑞秋示意司机停车，打算下车买一杯咖啡。她虽然出身于贵族家庭，却极少支使下属，买东西能自己去就自己去。

谁知走到一半，竟有一个女孩突然爬到她的脚边，在她面前晕了过去。

经纪人猛地推开车门，跳下来，尖叫着让她别碰女孩："别碰她，别碰她！这肯定是阴谋，肯定是哪个报社派来的！他们想让你身败名裂！"

瑞秋没理睬经纪人，满大街都是她的谣传和丑闻，多这一个不多，少这一个不少。她想知道这女孩为什么晕倒，有无生命危险。在生命面前，名誉不值一提。

她半蹲下来，撩起女孩脸上被冷汗浸湿的金发，随即露出愕然的神色——竟然是她亲自挑中的那个漂亮的金发女孩。

她……为什么会晕倒在大街上?

6

晕倒的一瞬间，嘉莉像是坠入了无边无际的黑暗里。

黑暗是如此纯粹，没有美，也没有丑，更没有令人恐惧的苛刻的审视。

她是一团没有形状的幽灵，在黑暗里安静地游荡着，但没过多久，就被一双双布满血丝的眼珠子，吓得停住了脚步。

它们隐蔽在黑暗里，沉默地、冷漠地、威严地凝视着她，用冷冰冰的目光勾勒出她躯体的线条。她原本只是一团没有形状的幽灵，却硬生生被那些目光扭曲成各种滑稽的形状。渐渐地，她有了具体的躯壳，不再是没有形状的幽灵，却也永远活在了那些眼珠子可怖的目光里。

这就是她憧憬的未来吗?

这真的是她憧憬的未来吗?

嘉莉被这个充满隐喻的梦吓醒了。

她摸到了身上的被子，缓缓松了一口气。

她没有睡在大街上，被那个女郎救下来了。她赌对了。怪不得离家时，母亲反复对她说，要对身边的女孩友善一点儿，因为遇到困难时，只有女孩才会真心实意地帮助你。

对了，那个女郎呢?

嘉莉撑起身，看见自己换上了一条干净的裙子。床头柜摆放着一些补充营养的瓶瓶罐罐，她在药店看见过这些东西的价格，相当昂贵。她没想到那个女郎会对她这么好，不仅把她带回了寓所，还花大价钱给她看病。

要是没有碰见那个女郎，她晕过去后会遭遇什么，简直不敢想象。

卧室房门底下透出一线暖黄色的灯光，门外隐约传来爵士乐慵倦的乐声。嘉莉轻手轻脚走到门边，打开了房门。

一个高挑而纤瘦的女人正端着酒杯随着爵士乐漫不经心地摇晃。

她有一头浓密、柔顺、富有光泽的黑色短发，皮肤很白，犹如光滑的象牙，穿着露出后背的黑色长裙。她的仪态极好，肩胛骨并没有像普通人那样难看地凸起，但因为过于苗条，仍能看见那灵动而优雅的线条。她始终背对着嘉莉，不时抬手喝一口杯中的白兰地。她似乎学过舞蹈，每一次抬手、转身，都像芭蕾舞女演员一般轻盈舒展。

嘉莉愣愣地凝视着她，感到了一种说不出的激动——既是对美好事物最原始的赞叹，又是见到了崇拜已久的偶像。

她下意识地屏住了呼吸，虚弱的心脏以一种微妙的跳动频率回应着女人的舞步。她原本被世俗的眼光折磨得痛苦不堪，甚至做了一个满是眼珠子的噩梦，看到这么动人的舞蹈后，她突然觉得，这个世界还是需要“世俗的眼光”的，不然拿什么去欣赏这样美丽、慵懒、充满诱惑的女人呢？

嘉莉深吸一口气，推门走出去，干巴巴地说：“打扰了，请问是您救的我吗？谢谢您，没有让我躺在大街上……”

女人没有回头。她仰头喝了一口白兰地，淡淡地笑了一下：“不客气，只要是人，都不会见死不救。不过，把你带回家，却是为了另一件事。”说到这里，她转过身，露出一张嘉莉再熟悉不过的脸庞，“我想知道，你为什么流落街头。”

救下她的人竟然是瑞秋·约翰逊，她着迷崇拜的对象。

她既崇拜瑞秋的强大，又崇拜瑞秋的美丽，更崇拜她能如此轻易地满足世俗的审美。

在世俗的眼里，她浑身上下都是美的，唯一值得诟病的是，她对日光浴不怎么感兴趣，皮肤有点儿过于白皙，但对那些老派的欧洲人来说，这也不是问题。

她似乎无论如何都是美的，不需要迎合任何人的目光。

嘉莉非常羡慕她的人生，羡慕她能在世俗冷酷的审视下，活得这么随心所欲。

7

瑞秋在沙发上坐下，漫不经心地跷起两条腿，拍了拍身边的位置：“过来，和我说说，为什么会晕倒在大街上？”

嘉莉听话地坐了过去。几乎是坐下的一瞬间，她就闻到了瑞秋头发上香水的芬芳。与第五大街上那帮香水味浓得叫人腻味的俗艳女人不同，瑞秋身上的香水味淡极了，约等于没有，却有一种令人热血沸腾的古怪魔力。嘉莉闻着闻着，便感觉脸上火辣辣的，那香味似乎在她的皮肤上游走，激起了微不可见的震颤。

“谢谢关心，”她有点儿紧张地说，“可能是我吃得太少了。”

瑞秋眉头微皱：“你没有按照营养师制定的食谱用餐？”

按照了。可是她瘦不下来，无论如何也瘦不下来。营养师的瘦身方案尽管健康且稳妥，却太慢了。经纪人不想在她的身上耗费太多精力，就越过营养师，大刀阔斧给她减餐了。谁知，她还是没能瘦下来，脸蛋儿始终像个洋娃娃一样丰腴饱满。经纪人认为她没有当模特的潜力，就让她走人了。

嘉莉的头还有些晕，脑子转得很慢，说完才反应过来，她竟然当着瑞秋的面说了 N.N. 经纪人的坏话！

据说瑞秋和 N.N. 的管理层关系很好，持有 N.N. 不少股份，肯定不会相信她的一面之词，说不定还会训斥她污蔑公司名誉，甚至把她赶出去……

想到这里，嘉莉急死了，刚要说些好话补救，就见瑞秋低头咬住一支烟，往后晃了一下黑色头发，避免发丝沾到鲜红的唇膏：“告诉我经纪人的名字。”

“艾克·史密斯……”

瑞秋点点头，起身走到电话机旁边，打了两个电话。嘉莉不知道她在跟谁说话，也听不懂她说的是哪国语言，紧张得坐立不安。

瑞秋却没有避讳嘉莉，提到嘉莉的名字时，还侧头看了她一眼，用食指抵住嘴唇，示意她不要出声。

打完电话，瑞秋回到嘉莉的身边，咬着烟说道：“史密斯开除你，并不是因为你没有当模特的天赋，而是想让另一个女孩顶替你的位置。他收了那女孩的钱，故意给你减餐，想让你知难而退，谁知道你居然坚持下来了。”

她夹着烟，慵懒地吐出一口烟雾，有些调侃地说：“我的小猫咪，不要别人说什么就信什么。难道你看不见自己的脸蛋儿瘦得快要凹陷下去了吗？”

看不见。

瑞秋不说，嘉莉是真没意识到自己已经瘦到了这种地步。她低头看向玻璃茶几上反光的地方，的确看见了一个苍白消瘦的女孩，没涂唇膏的嘴唇不仅发白而且发紫。也许，她该感谢经纪人开除了她，不然再节食下去，她整个人就没了。

这时，瑞秋柔和低哑的声音在她耳边响起：

“还想当模特吗？我可以让你回去。”

回去？回去继续节食吗？

她有点儿怕了，怕再次因营养不良而晕倒，怕继续被世俗威严、冷酷、不带任何感情的眼光审视。

但就算不当模特，她还是会被审视。女人总是在被审视：你头发太长了，你头发太短了；你裙子太长了，你裙子太短了；你的腿太粗了，你的腿太细了；你长得太胖了，你长得太瘦了；你的嘴唇太红了，你的嘴唇太白了……这样的话，她几乎是从小听到大。模特的身份不过是把这些声音放大了一些。只要她是女人，就会被审视。

反正都会被审视，百货商场的收银员和高端品牌的模特，她为什么不选择待遇更好的模特呢？

"我想当模特，"嘉莉咬住下嘴唇，"但我能不能，不要……经纪人？"

"不要经纪人？"瑞秋惊讶地问。

"可以吗？"嘉莉噘起嘴，努力做出哀求的表情，"我、我精力特别旺盛，可以自己当自己的经纪人，保证能同时干完模特和经纪人的活计。我不想要经纪人没别的原因，只是不喜欢那种受制于人的感觉……美不美，丑不丑，都是别人说了算。我想自己做主，可以吗？不可以的话，那就算了……"

瑞秋打断了她的话："我可以当你的经纪人。"

嘉莉愣住。

8

瑞秋知道嘉莉在想什么，她想避开世俗的审视，自己决定自己的美丑。

刚好，她也想换一个位置，像一个真正的艺术家那样创作与表达，为什么不和嘉莉合作呢？嘉莉还很年轻，不知道自己多漂亮，多有魅力，甚至连自己胖瘦与否都不太清楚。而瑞秋本人完全可以当她的耳朵和眼睛，带她去听，去看，去发出正确的声音。

而她并没有告诉嘉莉这些，只说自己刚好有退居幕后的打算。

嘉莉眨巴了一下眼睫毛，对瑞秋的话深信不疑。她尽管有一股聪明劲儿，却始终保留着乡村女孩不存戒心的天真和单纯，将这件事全归功于自己走运。

“我真是太幸运啦，”她想，“碰到了瑞秋这样的好人！”

就这样，瑞秋成了嘉莉的经纪人，嘉莉的饮食、穿着、居住地、商业行程都由她安排。

对于这个突如其来的决定，N.N. 的高层十分吃惊，但并没有反对。瑞秋作为世界上顶级的模特和 N.N. 的股东，忽然退居幕后，选择当嘉莉的经纪人，肯定有她的道理。这个女孩绝对有什么过人之处。

嘉莉感受到了权威的力量——自从她变成瑞秋的人后，四面八方的风向就变了。

首先是那个以私废公的经纪人，虽然他的行为在业内算是秘而不宣的潜规则，但他被瑞秋逮住了，就得卷铺盖走人。

他像嘉莉被开除那天一样，憋着一肚子火，抱着沉重的纸箱子，灰溜溜地走向 N.N. 的大门。戏剧性的是，他正好撞见了回来的瑞秋与嘉莉。

如今的嘉莉与往昔相比可以说是大不相同。她斜戴着一顶时髦的皮革帽，穿着柠檬色的连衣裙。她不再节食以后，整个人显得光彩照人，脸颊和脖颈泛着玫瑰一样的红晕。她是那样婀娜多姿，甜美、妩媚、可人，简直是个漂亮可爱的小仙女！

他不敢正面迎上去，过街老鼠般蜷缩在一盆巨大的绿植后面，等嘉莉她们走远后，才满面悻悻地走出来。

“要不是攀上了约翰逊，就凭她那张脸和身材，也能成为 N.N. 的模特？”他酸不溜秋地自言自语，不知道在说服谁，“等着吧，这小妞儿迟早会被赶出 N.N.！到时候就知道我有多高瞻远瞩了。”

嘉莉不知道前经纪人恶毒的诅咒，甚至不知道他已经被开除了——她的地位变化太大，已经注意不到那样的人了。

她还是像以前一样努力，周围的声音却发生了翻天覆地的变化。人们不再用挑剔的眼光审视她的容貌和身材，而是用一种尊敬又疑惑的眼神打量着她。

他们不知道嘉莉为什么会被瑞秋看中。倘若生在黄金时代，嘉莉绝对是一颗闪耀的明星，那时候人们都爱这样丰姿绰约的美人。但现在时代变了，人们更爱瘦骨嶙峋的中性美人。他们左看右看，都觉得嘉莉和中性搭不上边，可瑞秋的选择绝不是毫无道理的。他们琢磨着，思考着，最后得出了结论：瑞秋想掀起一股复古的风潮。

于是，马上有人趁热打铁，写了一篇文章发表在报纸上——《嘉莉？嘉莉妹妹！她会让世界回到玛丽莲 · 梦露时代吗？》

一时间，各式各样的声音犹如雪片般朝嘉莉涌去。不少人认为，决不能让现在的审美重回梦露时代。那个时代的女性就像待宰的羔羊，只能烫鬈发，涂红唇，在家里等待男人的宠幸，甚至没有穿裤子的权力。

嘉莉在这个以瘦为美的时代，刻意宣扬自己“丰腴”的特点，很明显是在开时代的倒车，有驯化女性的嫌疑。

很多人都附和这个说法。

有人甚至给嘉莉写了一封信：“女士，能否请您别出现在电视上？像您这样的女人出现在电视里，只会加深男性对女性的刻板印象。您也是女人，可不可以不要做这样反女性的事情？”

嘉莉看到这些言论后都惊呆了。她没想到自己天生的长相和身材能掀起这么大的风波，更别说被扣上“反女性”的帽子，她甚至不明白“反女性”的意思。难道她真的触犯了女性群体的利益？

可她无论如何也接受不了，把自己饿得头晕眼花、瘦骨嶙峋，是对女性有好处的。

瑞秋却对那些言论毫不在意：“舆论就是这样的，即使你完全符合这部分人的喜好，也会有另一部分人批判你。”

嘉莉听得似懂非懂：“那我该迎合哪部分人的喜好呢？”

“你只需要迎合你自己。”

9

瑞秋见嘉莉基本功扎实了，就给她安排了几场走秀。然而，嘉莉却走得不尽如人意。

走秀时，她总是无法控制地想起报纸上的种种评价。那些尖酸刻薄的批评潮水一般涌进她的脑海里，使她微微战栗，无法从容地迈出猫步。

就在昨天，她还看见一堆人围在报摊那里，对她的花边新闻指指点点。报纸说她之所以能当上 N.N. 的模特，是因为用身体收买了 N.N. 的管理层。

现在，她所遭受的审视比以前更加冷酷，更加轻蔑，更加不怀好意。以前，人们只评价她够不够瘦，够不够美，现在，他们不仅看她的脸蛋儿和身材，还要剥下她的皮肉，绕开她马尾藻似的血管和内脏，去观察她血淋淋的心。

这种情况下，嘉莉不仅忘了怎么去迎合自己的喜好，还忘了瑞秋耳提面命的基本功，短短一段台步走得瑟瑟发抖，怯懦窘迫，根本无法示人。

瑞秋没有批评嘉莉，只是叫停了她的工作，给了她一个星期的假期，让她好好休养。

这个短暂的假期却让嘉莉感到压力倍增。

休假并没能让她远离舆论，反而给了她充裕的时间去感受舆论的力量。

她住在百老汇附近的高级公寓里，以前她无论干什么，哪怕出门买份报纸，周围人都会报以她友善的笑容。现在，不知道是不是错觉，她总觉得人人都厌恶她，对她抱有莫名的恶意。她出去买份早餐，看门人都会盯着她看半天，似乎看穿了她的真实身份，在心底咒骂她拖了全体女性的后腿。

嘉莉不知道的是，看门人之所以紧紧盯着她，只是因为她的打扮太过古怪。五月底的天气已经热起来了，她却穿着黑色大衣和黑色长裙，戴着黑色宽檐帽和黑色手套，脸上还有一副墨镜，只要是个正常人，都不可能不看她。

转眼间，六天过去了。

在这六天里，嘉莉每天都把自己裹得严严实实，她裹得越严实，周围人的眼神就越古怪，周围人的眼神越古怪，她的自信心就流失得越快，如同被自来水哗哗冲洗的肥皂，一周后只剩下指甲盖那么大一点儿了。

她以前是个自信开朗的小姑娘，见谁都嫣然一笑，绿眼睛里满是蓬勃的朝气和活力，现在却整天在公寓里伤心啜泣，连跟人说话，都不敢抬起朦胧的泪眼来。

“也许我不适合当模特……”她想，“我只是个普通人，承受不来那些汹涌的恶意……再这样下去，我可能会得忧郁症，说不定会死！我不想死，现在离开这个行业还来得及。”

嘉莉思来想去，犹豫了很久，拿起电话机，把这个想法告诉了瑞秋。

瑞秋陷入了沉默。

嘉莉想，瑞秋肯定对她很失望。可她不能为了不让别人失望，就把自己置身于痛苦的海洋中。她真的怕了那些乌七八糟的声音。要不是实打实的恐惧，她也不愿放弃这样一份高薪工作。

“对不起，我不知道报纸上的言论让你这么困扰，”瑞秋低声说道，“我完全尊重你的决定。但在你真正下定决心之前，能不能和我去一个地方？”

嘉莉只是想离职，并不是想跟瑞秋绝交，点头答应了下来。

10

嘉莉没想到瑞秋会带她去时尚俱乐部。

这个俱乐部邻接百老汇大道，却和那个名流麇集的百老汇毫无关系。它开在一家高级大饭店的后门旁边，入口贴满了色彩鲜艳的娱乐海报，进去以后才能看见电光闪烁的霓虹招牌。

这样偏僻的一家俱乐部，却拥有数量可观的有钱人会员。他们衣着华丽，娴熟地攀谈、聊天，并肩去吸烟室抽烟，场面和一些高雅奢华的宴会厅没什么两样。

像是为了衬托嘉莉般，这一晚，瑞秋打扮得像个英国绅士。她将黑色短发全部梳到脑后，抹了点儿发胶定型，上半身是利落的黑色风衣和白衬衫，下半身是黑色长裤、鼠灰色鞋罩和锃亮的黑皮鞋。她的骨架本就比大多数男人优越，只看背影的话，几乎把场上的绅士都比了下去。

嘉莉则维持了之前的古怪装扮——黑裙子，黑大衣，黑手套，黑面纱，黑帽子。

瑞秋没有说什么，脱下手套，扶着嘉莉的肩膀，护着她走了进去。

嘉莉攥紧双手，抬眼四望，见周围人都沉浸在纸醉金迷、寻欢作乐的氛围里，并没有注意到她，便稍稍镇定下来，小声问道：“带我来这里做什么呀？”

瑞秋用下巴指了指大厅里的 T 台：“这里会出售一些不对外

公开的私人定制。这种时装才是那些有钱人的心头好，他们就喜欢在市场上买不到的东西。除了有钱人，一些设计师、报社记者和所谓的时尚评论家也会来这儿凑热闹。”

她一边说着，一边不动声色地指出了那些人，“这个、这个、还有这个，都曾发表过攻击你的言论。”

嘉莉微微张大嘴巴，按照瑞秋说的顺序，依次望了过去。她每看一个人，瑞秋就会适时地补充那人写过什么。

给她扣上“反女性”帽子的人，是一个红头发的中年女人，中等身材，穿着缺乏时尚气息的圆点图案套裙，戴着黑框眼镜，眼睛有些斜视，看上去远没有她的言论富有锐气。不知她说了什么，周围人都哄堂大笑。她窘迫地攥紧了钢笔，似乎非常尴尬，却无可奈何。

“她很不喜欢被人取笑的感觉，那为什么还要取笑我呢？”嘉莉很不解。

“有的人被取笑后，将心比心，就不会再取笑他人；”瑞秋淡淡地说，“有的人则十分迫切地想把这份痛苦转嫁给他人。她显然是后者。”

嘉莉点点头，模模糊糊地领悟到了什么。

“我为什么要怕他们呢？”她想，“都是一群普通人。走在大街上，我甚至不会多看这些人一眼。为什么要在意他们的言论呢？”

这时，走秀开始。不远处的黑人歌手搂着电吉他，发出嘶哑的嚎叫，台上的女模特扭着臀部，在金碧辉煌的灯光下，摆出一个个或妩媚或优雅的姿势。

见周围的观众都在看台上的模特，嘉莉更加镇定，完全没有刚进场时的局促不安，双腿发软。中场休息时，她甚至穿过成双成对、高声谈笑的人群，去拿了一杯香槟酒啜饮。

她十分感激瑞秋，要不是瑞秋带她来到这里，化解了她内心的恐惧，她可能还在家里无助地哭泣。

按说没了恐惧后，她就该回去工作了。可一想到继续当模特，她还是感到了强烈的心慌意乱，不知道自己能否承受被审视、被议论、被诋毁的代价。

“在想什么？”不知何时，瑞秋也端着一杯香槟酒，走到了她的身边。即使穿着男人的服装，她依然冷峻而美艳，有一种令人无法抵挡的女性魅力。

嘉莉诚实地说出了自己的顾虑。

“当你被污蔑后，第一反应是什么？”

“反击。”嘉莉喃喃地说，“可是……我不知道怎么反击他们，难道我也要写一篇文章刊登在报纸上，和他们进行辩论吗？”

“你是模特，你的一举一动都会被人看见，你浑身上下都可以作为反击的武器。”瑞秋轻轻笑了一下，微启湿润的红唇，喝了一口香槟酒，“当然，即使不是模特，你也可以反击。现在你就可以走过去，拍一下那女人的肩膀，告诉她，你是瑞秋·约翰逊的人，从来没有试图驯化过女性，让她不要乱写了。”

11

嘉莉犹豫着照做了。

她深吸一口气，努力平静地走到红发女人的身边，生硬地打招呼道：“您好。”

红发女人有些诧异地抬起头，站起身，伸出一只手：“您好，请问您是？”她寒暄客套的方式与周围人别无二致。嘉莉不禁更加清晰地意识到，红发女人就是一个普通人，没有任何特异功能。虽然那些言语曾经深深地伤害过她，但只要她不在意，红发女人用打字机敲出来的恶毒言论，就只是一串苍白的字母而已。

嘉莉彻底镇定下来，她取下帽子和面纱，露出一张精灵般美丽的脸蛋儿，声音不大不小地说道：“我是嘉莉，您在报纸上骂过我，应该还记得我吧？”

红发女人愣住了，嘴巴张成一个小小的“o”。她缩回手，十分窘迫地在裙摆上蹭来蹭去，半晌都说不出话。

红发女人羞惭不已的尴尬相，使嘉莉的头脑更加冷静，姿态也变得落落大方起来。

“我能问一下，您为什么要说我‘反女性’吗？”

红发女人自然答不出为什么。

嘉莉看着她的怯态，不徐不疾地说道：“既然您说不出为什么，那我就有话要说了。我从来都没有驯化过女性，当模特也不是为了反女性。我只不过是想维持生来的身材和相貌，在模特行业讨一口饭吃，就变成了你们口中的‘反女性’和‘驯化女性’。你们定义女性应该瘦，最好瘦得像小男孩一样毫无曲线，就没有想过天生不瘦的女性该怎么办吗？你们给她们戴上枷锁，使她们备受歧视，就没有想过这是另一种意义上的‘反女性’吗？”

红发女人嘴唇颤抖着，额上沁出一层密密麻麻的冷汗，浑身上下都软弱无力了。她其实也不明白什么叫“反女性”，写那篇文章只是为了销量和噱头。至于嘉莉是否会被她有意设置的噱头伤害到，就不在她的考虑范围内了。

红发女人沉默着，自始至终都没有回应嘉莉的质问。中场休息结束后，她甚至趁嘉莉不备，悄无声息地溜出了俱乐部。

不过，嘉莉也不需要她的回应了，她知道自己得胜了。

临近闭幕秀时，瑞秋忽然在她的耳边说道:“想上去试试吗？”

“现在？”嘉莉一眨眼，吃惊地问道。

“是的，现在。反正是私人秀场，不会有人说什么，而且最后一件服装，是我设计的。”瑞秋一边说着，一边咬住白色手套的指尖，用牙齿扯下了，“怎么样，想去吗？”

嘉莉不知道如何回答。她当然想上去试试，但又怕再次经历之前的窘境。

这时，一个高个儿模特优雅地走到她的面前，手持长长的绿松石烟嘴，身穿墨绿色无肩带长裙，裙子侧摆的衩开得极高，露出丝绸般光滑细腻的大腿。她闭上眼睛，神色冷淡地吸了一口烟嘴，在浓浓的白雾中转身回去了。

掌声响了起来。

嘉莉看着高个儿模特的背影，感到一种说不出的触动。

她知道，肯定有人在心里唾弃高个儿模特的穿着，觉得过于暴露，有博眼球之嫌，一看就不是好女人。可是，穿着保守就一定是好女人了吗？为什么要用着装定义一个人呢？

想到这里，嘉莉忽然明白了高个儿模特想要表达什么。她看向模特手中长长的绿松石烟嘴，要知道，在过去即使人们知道香烟是有害的，也只有男人才能抽烟，女人碰一下香烟都是不道德的。除此之外，女人在会客时也不能补妆，必须到单人房间和女卫生间才能拿出包里小小的粉盒。但现在，女人却能在 T 台上光明正大地抽烟和化妆。

怪不得瑞秋说，你是模特，你的一举一动都会被人看见，你浑身上下都可以作为反击的武器。

嘉莉出神地看着前方，沉浸在自己发现的新世界里不能自拔。一瞬间，她的世界又燃起了生动、明媚、热闹的声色，她又变回了那个漂亮自信的中西部女孩，但又不完全是——她比以前更自信了一些。

等她回过神时，瑞秋已站起身，走向秀场的后台。她连忙脱下自己的手套和外套，快步跟了上去。

12

次日，嘉莉回想起昨晚的情形，还是兴奋得恨不能把头塞进枕头里。

瑞秋不愧是世界上顶级的模特之一，不仅台步走得精妙绝伦，还知道怎么给模特化妆。

她捧住嘉莉的脑袋，蓝瓷般的眼睛定定地看着她，用粉扑、胭脂、高光、眉笔、睫毛夹和睫毛膏依次拂过她的脸庞。当红色的口红轻柔地抹过嘉莉的下嘴唇时，她感觉自己被瑞秋强烈的女性魅力笼罩住了。

与充满攻击性的男性魅力不同，瑞秋尽管面容冷峻而美艳，气质却不带任何侵略性，犹如温柔的蒙蒙细雨，柔情地滋养着她，使她忘记了遭遇的种种痛苦，焕发出新的活力。

当瑞秋为她描眉时，嘉莉忍不住闭上了眼睛，感觉自己可能再也碰不到这样独特的感情了。

她和瑞秋既是师生，又是上下级，同时还是亲密无间的女性朋友。在她还没有被舆论击倒时，瑞秋曾和她一起逛街，一起野餐，一起看电影，在更衣室为彼此换衣，互相涂脂抹粉，甚至在对方喝得酩酊大醉时，帮对方换下衣服。这样独特的感情，除了女人和女人，谁也无法享有，男人和男人不行，男人和女人也不行，只有女人和女人才能享有这样特殊的情感联结。

化妆结束后，就在嘉莉准备上台的前一刻，瑞秋突然叫住她。

她把一个白色蕾丝猫眼面具戴在了嘉莉的脸庞上，羽毛部分被摘掉了，换成了刊登有嘉莉名字的报纸。

嘉莉还记得这份报纸的内容，记者用骇人听闻的语气写道，嘉莉的“丰腴美”不可能给女性带去正面的影响，只会使全美女性的审美愈发单一。

“女性好不容易摆脱了‘曲线美’的桎梏，嘉莉想让审美回到旧时代，继续迫害女性，这肯定不行！请嘉莉小姐向全体女性道歉，并宣布退出时尚界！”

现在，这张曾对她予以讥讽的报纸，却变成了她身上的众多饰品之一。

“这才是真正的反击。”瑞秋说，她往前一倾身，在嘉莉的脸上轻吻了一下，“去吧，我的小猫咪。”

13

很多年以后，媒体将那一场半公开的走秀，定义为“跨时代的秀”。

嘉莉和她的挚友瑞秋，用实际行动反对那个时代的刻板审美。她们同台走秀，在 T 台上将充斥着反对声的报纸撕成碎片。

当嘉莉将具有象征意义的报纸面具丢弃时，没人能否认她拥有那个时代所推崇的独立和不羁。

外形并不能定义女性的价值。

至此，舆论彻底扭转。

……

尽管瑞秋从未有过当经纪人的经验，但她敏锐地察觉到了嘉莉的商业价值。她毫不犹豫地退出了 N.N.，组建了属于她和嘉莉的实业公司，也就是后来的 C&R。她们致力于宣扬女性独立自信的形象，却不以女性的外形定义女性的价值。她和嘉莉既是多年的商业伙伴，也是知己好友，更是形影不离的异姓亲人。

这份友情从二十世纪七十年代延续至今。是的，直到今天，嘉莉和瑞秋仍是挚友。

END

MISS
&
MISS

图书在版编目（CIP）数据

限定花期 / 唐棠主编.
—武汉：长江出版社，2022.4
ISBN 978-7-5492-8214-2
Ⅰ. ①限… Ⅱ. ①唐… Ⅲ. ①短篇小说－小说集－中国－当代
Ⅳ. ①I247.5
中国版本图书馆CIP数据核字(2022)第037797号

限定花期　/　唐棠 主编

出　　版	长江出版社 （武汉市解放大道1863号　邮政编码：430010）		
选题策划	漫娱图书　马飞		
市场发行	长江出版社发行部		
网　　址	http://www.cjpress.com.cn		
责任编辑	罗紫晨		
特约编辑	李子若		
总 策 划	两脚猫工作室	开　本	889mm×1230mm　1/32
装帧设计	刘江南　肖亦冰	印　张	8.25
印　　刷	武汉市卓源印务有限公司	字　数	174千字
版　　次	2022年4月第1版	书　号	ISBN 978-7-5492-8214-2
印　　次	2025年4月第19次印刷	定　价	39.80元

电话：027-82926557(总编室)　027-82926806（市场营销部）

MISS
&
MISS